アナ店長
サッシー
アズサ

「これが私とポアル
謹製の『おいしい回復薬』
名付けて
【ドラゴンエナジー】です!!」
「この破格の効果──
すごすぎるわぁん!」

CONTENTS

序章

竜王さま、休暇を決意する

――竜界。そこは竜たちの住まう楽園。

その中心にある一番高い山の頂上に竜族の頂点『竜王』の住処があある。

竜界で最も価値のあるとされる黒竜石を加工して造られた玉座でとぐろを巻く一体の竜こそ、竜界における最強にして至高とされる存在『竜王』――つまり私である。

「――もう働きたくない……疲れた。はぁ……」

そんな竜王である私は今、色々と限界に達していた。

だらしなく首を下げ、大きく溜息を吐く。吐いた溜息がブレスとなって、部下の頭をかすめた。

「うぉ、あぶなっ!? ちょ、竜王様勘弁してくださいよ。今、ジブン死ぬところだったっすよ？」

「あっそ。どーでもいいよ」

「うわぁー、部下に対してめっちゃ冷たいー。まあ、いつものことなんで別にいいっすけど。んじゃ、これ次のお仕事っす。ちゃっちゃとやっちゃいましょう」

部下の若い竜が薄い石板の束を私の前に次々に置いてゆく。

それを見ただけで私は猛烈な眩暈と吐き気がこみ上げてきた。

「えーっと、内容は炎竜バルガルトと水竜リンガルの喧嘩の仲裁。それと下級炎竜ベンベンの破壊した山脈と河川の修繕。それとこっちは苦情っすね。闇竜の一族から、ご近所の腐蝕竜ディーの呪い臭が酷いからどうにかしてくれって。それと……あ、案件が多すぎて残りは忘れちゃったっす。てへっ☆」

「あああっ！　もう嫌だあああああああああああああああああっ!!」

「ちょ、いきなり大きな声出さないでくださいっす。音圧が……音圧で死ぬ……カハッ!?」

ガシガシと頭をかきむしりながら叫ぶ私を、若い竜が若干引き気味で見てくる。あと私の声が衝撃波みたいになっていたらしく、全身が傷だらけになっていた。たぶん死んでない。気絶してるだけだ。

「うるさい！　うるさい！　うるさい！　もう嫌だ！　もうあったまきた！　毎日毎日、仕事仕事仕事！　うんざりなんだよ！　ふざけんじゃねぇ！　ああああああああああああああっ！」

私はもう限界だった。

竜王として長らくこの竜界を治めてきたが、くる日もくる日もトラブルしか起こさない同胞たちに、私はつくづく疲れ果ててしまった。

竜王とは文字通り竜の頂点。一番強い竜のことを指す。

さぞかし偉い存在なのだろうと思うかもしれないが、全然そんなことはない。

竜は基本的に短気で喧嘩っ早く思慮が足りないし、ついでに頭も悪い。

だけど、プライドだけは無駄にやたらとデカいから、始末に負えない。

やれどっちが鱗の形が美しいだの、やれどっちの方が魔力が大きいだの、そんな些細な諍いから殺し合いに発展するなんてしょっちゅうだ。

そんな馬鹿な種族だから、どんどん数が減って、一時は竜という種が滅びる寸前まで陥った。

だから竜たちは、一つの絶対的で非常にシンプルなルールを作ることにした。

――自分たちの中で一番強い奴を王にしてそいつに従おう、と。

強い奴の言うことなら従う。強い奴の言葉なら耳を傾ける。

そうして竜王という存在が生まれた。

最初は誰もが竜王になろうと躍起になった。なにせ、馬鹿なくせにプライドだけは一丁前に肥大化した連中だ。一番強く、一番偉い存在はさぞかし眩しく見えただろう。

だが実際に竜王になった竜たちはすぐに後悔した。

なぜか？　なってみてわかったのだ。

竜王って偉そうに見えて、実際は滅茶苦茶忙しいただの貧乏くじだと。

なにせ些細なことからいつも殺し合いに発展する連中を治めるのだ。

話し合いに次ぐ話し合い。時には拳を交えての話し合い。あっちでも、こっちでも常に喧嘩、諍い、争いの日々。それを一つ一つ解決していくのが竜王の役目だ。

一番偉くて強い奴の言うことだから、竜たちも大人しく従う……その時だけは。

だが、懲りずにまたすぐ喧嘩になり、それをまた竜王が仲裁する。

堂々巡りのイタチごっこだ。

歴代の竜王が『喧嘩はやめろ！』と声高に叫んでも、竜たちは本能には抗えなかった。

何かあれば喧嘩。何かあれば殺し合い。

でも大丈夫、竜王様がきちんと仲裁してくれるから。

「ふざけるなっつーの！　いちいちくだらない喧嘩の仲裁に駆り出されるこっちの身にもなれやあああああああああああああっ！」

まあでも竜王という存在ができてから、滅びる寸前だった竜の数も少しずつだが増えてきたし、いちおうの効果はあるのだろう。

そして現在、そんな貧乏くじを引かされた――じゃなかった、竜王になったのがこの私だ。

先代の竜王――お父さんから死んだ目で泣きつかれて、仕方なく竜王になって三百年。

寝る間も惜しんで三百年働き続けた結果、私はもう疲れた。もう働きたくない。

「最近は鱗だって全然磨けてないし、お気に入りの財宝も手入れできてないし。……ぁぁぁ」

若い竜たちは、最近流行の鱗や翼の装飾の話題で盛り上がっていると聞く。

いいご身分ですねぇ、こっちが必死に仕事してるのに自分磨きですか、ちくしょうめ。

若くて勢いがあるだけの雌竜どもめ。ブレスぶちかましたろかホント。

まあ竜界が壊れるからさすがにやらんけど……。

「はぁー、もう竜王なんて辞めたいなぁ。どこか田舎にでも引き籠ってのんびり暮らしたいわぁ……。酔い潰れるまでお酒のんで、美味しいものお腹いっぱい食べて……。あ、果物とか野菜とか育てるのもいいかも。あとは魔法の研究とか魔道具作りとか。あー、趣味に没頭したいー」

でも無理だよなぁ。

……だって今の竜界には、私より強い竜はいない。

竜王になるための絶対的なルールはただ一つだけ。

――それは最強の竜であること。

自分より強い竜でなければ竜王にすることができない。

私が自分より強いとわかった時の、お父さんの喜びようといったらなかった。

あれたぶん娘の成長を喜んでいたのではなく、これでようやく竜王を引退できるとわかって喜んでいただけだよね。大嫌いだよ、お父さん。

「はぁー、愚痴ってても仕方ないか。おい、部下。さっさと起きろ。仕事に行くぞ仕事に……ん？」

部下の竜をたたき起こして、とりあえず喧嘩の仲裁に行こうと思った矢先、突然足元が光り輝いた。ついでに部下の竜が「死んだおふくろが見えたっす」と言いながら目を覚ます。

「……なにこれ？　転移魔法陣？　それもずいぶん旧式の……」

「うわぁー、こんな旧式初めて見たっすよ。行き先は……人間界っすね。なんすか、これ？」

「いや、私に聞かれても知らんし。これ、しかも一方通行の欠陥魔法陣っぽいね」

「おぉー、さすが竜王様っす。一瞬でそこまでわかるんすか？」

「ふふん、もっと褒めなさい」

「んで、これどうするっすか？　仕事ありますし、さっさと壊しちゃいます？」

「そうだねぇ。仕事が立て込んでるし、こんな魔法陣さっさと……いや、ちょっと待てよ？」

「何です？」

ふと、私の頭にある考えが浮かぶ。

——もういっそこのまま人間界に転移してしまえばいいんじゃないか、と。

そう、わざと転移に巻き込まれてしまえば仕事をサボれる。

「……竜王様、ひょっとしてわざと召喚に応じようとか思ってないっすか？　これで仕事サボれる、みたいな……」

ぎくっ⁉

コイツ、普段はアホなくせに、こんな時だけ妙に勘が鋭い。

「駄目っすよ？　竜王様じゃなきゃ解決できない仕事が山ほど――もごぉ⁉」

私は部下の竜の口を魔法で黙らせる。

「ふぅー、ちょっと黙ろうか？　君さぁ普段は馬鹿なくせにこういう時だけ勘が鋭いよね？　君のような勘のいい部下は嫌いだよ？」

「もっ……もがっ……ごひゅっ……ッ……⁉」

もがく部下。より魔力を込める私。

「不可抗力なんだよ。私は不可抗力で人間界に召喚されてしまうんだ。なら仕方ないよねぇ？」

「ッ……ッ……！」

そんなわけないっす、と部下が言ってるような気がしたが、気のせいだろう。だって喋れないし。

「いいかい？　君は何も見なかった。竜王がどこに行ったかも知らない。おーけー？　わかったら瞬きを二回しろ、オラ」

「……」

部下の竜は瞬きをしなかった。ちっ、こんな時だけ抵抗しやがって。まあいい。こっちにも切り札はあるんだ。

「もし君が私の言うことを聞いてくれるなら、私も君が竜王の権威を笠に着て色々やってたことも忘れようじゃないか？　本担は闇竜のベリゴール君だったっけ？　ああいう若い雄竜が好みなんだねぇ。入れ込んでお宝もずいぶんつぎ込んだみたいじゃないか……？　月間一位にするために私の秘蔵のコレクションもいくつか使ったなお前……？」

「ッ……！」

なんでそのことを知っているのかという反応だったが、知らいでか。竜王なめんなよ？

「本担ごと消し炭になりたくはあるまい？」

「…………」

部下の竜は観念したのか、瞬きを二回したのを確認して私は魔法を解いた。

「よしよし、お利口さん。仕事は全部、先代の竜王——お父さんに任せればいい。わかった？」

「げほっ……。は、はいっす……」

先代の竜王。しかも私の次に強いお父さんであれば皆、復帰した先代竜王として認めざるをえないだろう。……それにここ最近、私に内緒で新しい金細工や宝石に手を出してるみたいだし。

絶対に許さないからね。大好きだよ、お父さん。私のために身を粉にして働いてね。

「よーし、久々の休暇を楽しむかぁ。あ、言っとくけど最低でも三百年は戻らないからね。んじゃ、そっちは上手くやってねー」

私はもう働きたくないんだ。

まばゆい光に包まれながら、私は人間界への転移魔法陣に飛び込んだ。

第一章

竜王さま、勇者をクビになる

というわけで、やってきました人間界。いやぁー懐かしいねぇ。初めて来たけどさ。

これでしばらく休むことができる。てか、ここどこだろう？

てっきり目の前には澄み渡る青空と緑が茂る丘陵が広がっていると思ったのだが、周囲には石で造られた薄暗い壁と床が広がっている。

……人間界だよね、ここ？

「せ、成功しました！　姫様、勇者召喚の儀は成功です！」

「ええ、これで魔族の侵攻を食い止められますわ！」

ん、誰じゃい？

声のしたほうを見れば人間がいた。

……人間だよね？　昔お父さんから寝物語に聞かせてもらった人間とはずいぶんと容貌が違う。人間ってのは全身毛むくじゃらで石の槍を片手にマンモスとか獲物を狩る感じの生物じゃなかったっけ？

だが目の前の人間（仮）はずいぶんと毛も体色も薄い。竜族とはかなり形が違うからたぶん、合ってるとは思うけど自信がない。

「……ここは？　私、さっきまで教室にいたのに……？」

おや、隣にも人間がいた。

こっちは髪の色がずいぶん違う。

たぶん、人間の雌……かな？　胸の部分に膨らみがあるし、匂いが甘い。

物知り石竜のチーちゃんが、人間を見分けるコツは体の凹凸と匂いだって言ってたし。

しかし人間ってホントに鱗ないんだね。そんな柔らかそうな肌で不安じゃないの？

それに脱皮した皮膚をそのまま身につけてるなんて、衛生観念はどうなってんだ？

というか、これどういう状況？

あ、そういえばさっきのアレは召喚の魔法陣だった……。てことは、この子も私みたいに召喚されたんかな？　あ、こっち見た。

「あ、ひょっとしてあなたも――ッ!?」

こちらを見た瞬間、彼女は顔を真っ赤に染めた。

というか、目線がずいぶんと近いな。人間ってたしか私たち竜族に比べてかなり小さい生物じゃなかったっけ？

「あれ……？」

そこで私はようやく自分の体の異変に気づいた。

「なっ……なんだこりゃあああああああああああああああああ!?」

あの紫水のように輝く鱗がなくなってる。

大理石のような硬く白い爪もない。

広げればその輝きは竜界で最も美しいと言われた四枚二対の翼もない。

角は……あ、角はある。あるけど、なんじゃいこの頼りない感じは！　こめかみからちょこんと生えてるだけじゃないか！

尻尾も……なにこのずんぐりとした、だらしない尻尾は⁉　デブ竜の尻尾じゃないか！　私これでも標準体重はきちんとキープしてるんだぞ？　……いや、たまにちょっと増えるけど。

「これ……ひょっとして私、人間の姿になってるの……？」

想定外だ。まさか容姿が人間の姿に変化してるなんて。

「……………まあ、別にいっか」

これはこれで面白そうだし。

なんでも魔法でできる現代竜界において、あえて不自由を楽しむのも、休暇における大事な心構えの一つ。

甘んじて受け入れよう、この容姿を。いや、本音を言えば翼は欲しかったし、尻尾と爪だけでももうちょいなんとかならんかったのか、と思わなくもないけど。

それにしても、これってたぶんあの召喚魔法の影響だと思うけど、あんな旧式の魔法で私の体に干渉するなんてやるじゃないか。あとで解析してみよーっと。

「な、なななな……」

「？」

てかさっきからこの子はどうして震えてるんだろう？

寒いの？　そりゃそんな鱗もない肌じゃ寒いよね。わかるわかる。

「服！　なんでアナタ、服着てないんですか⁉」

「……へ？」

人間は服を着る。

全裸の私はそんな当たり前のルールすら知らなかった。

……あれ、脱皮した皮じゃなかったんだ。

◆

——人間の常識とは理解しがたいものである。

そもそも生物には皮膚と鱗、毛という立派な防衛機構が備わっているのに、なぜわざわざ動きを制限するような衣を纏（まと）うのだろうか？

それは生物として不完全である証拠だ。故に完成された生物である私には必要ない。

そう言ったのだけど……。

「これをどうぞ」

「いや、でも私は——」

「ど・う・ぞ」

姫様と呼ばれていた女性に有無を言わさず服を着せられた。

「うーん、もごもごして落ち着かない……。これ、どうしても着なきゃ駄目？」

「だ、駄目に決まってるじゃないですか!?　アナタ、もしかしてヌーディストってやつですか？

一人の時なら別にいいかもしれませんけど、他の人がいる場所ではちゃんと着ないと駄目ですよ！」

私の問いかけに、同じく召喚された女の子が真っ赤になって否定してくる。

ヌーディストって言葉の意味はわからなかったが、人前では服を着るのが人間の常識のようだ。

うーん、これはある程度人間の常識を知っておかないと、いざって時に困るな……。

そもそも、私が知っている人間とはだいぶ異なってるっぽい。

私が人ではないことにこの人たちが気づいてないのは幸運だが、ふとした時にボロが出かねない。

上手く人間のフリをすることが、私の楽しい休暇に直結するのだ。

「……」

先ほどからチラチラとコチラを見てくる少女。

私と同じ召喚された身の上であり、おそらく私たちの前を歩く姫様らとは別の世界からやってきた存在。

(……合わせるならこっちか)

この少女と同じ世界からやってきた人間、というふうに振る舞うのが一番だろう。この世界の人間に合わせてしまうと、『召喚された人間』という設定が破綻してしまう。私の楽しい休暇にも影響が出てしまうだろう。

「というわけで、ちょっと失礼」

「はい？　……ふわぁ!?」

私は自分の額を彼女の額にくっつける。

(——記憶読取魔法)

記憶を読み取る魔法を使い、この子から知識を得る。

私くらいの腕前になれば、彼女のプライベートな記憶には干渉せずに、彼女のいた世界の知識や常識のみを選別して読み取ることが可能なのだ！

すごいでしょ？　なんたって私、竜王ですから！

時間にして一秒にも満たないうちに読み取りは完了した。

（ふむ……なるほどね。地球という星。国は日本、東京ね……）

なかなか住み心地良さそうな国だな。治安も良いし、何より美味（おい）しそうな食べ物が豊富みたいだ。

このあいすくりーむっていうの、絶対美味しいでしょ。

というか、お父さんの知識ふっる。古すぎだわ。何千年前の情報なのさ、これ。カビが生えて草も生えんじゃないか。

どうやら私が知っていた人間の知識は、彼らで言うところの『原始人』に当たるらしい。

でもこれで知識を最新版にアップデートできた。使い方合ってるよね、アップデートって言葉。

人間の言語センスって面白い。もっと知りたいかも。

「あわ……あわわわわ……い、いいいいい、いきなり何するんですか!?」

「ん？」

少女は何やら顔を真っ赤にしていた。

私が急に額をくっつけたせいだろう。

あー、いきなりこんなことしちゃ嫌がられるよね……。反省、反省。

会ったばかりの相手と過度なスキンシップは厳禁。まずお友達から始めるのが人間の常識らしい。

「その……ごめんなさい。えーっと…………アナタがとっても可愛（かわい）かったからつい……」

「かわ……可愛い？　はぅぅ……」

私の適当な言い訳に、少女はぷしゅーと顔から蒸気を出して、たたらを踏む。

このままでは倒れてしまうと思った私は、彼女の腰の辺りに手を回してぐいっと引き寄せた。

「おっと、大丈夫？」

「こ、腰に手が……！　はわ……はわぁああああああああああああ！」

「すごい汗だよ？　本当に大丈夫なの？」

必要ならばこっそり治療魔法もかけるよ？

私、竜王だもん。さっきみたいに周囲にばれずに魔法を使うなんてお手のモノさ。

ていうか、おかしいな？

――転びそうになった女性には、腰に手を当てて引き寄せる。

これが彼女のいた世界の常識……なんだよね？　彼女の記憶によればこれで間違いないはずなのに、なぜ彼女はこれほどまでに動揺しているのだろう？

「いや、それにしても……うん、やっぱり可愛いね」

「ツッツッツッ！！！！！！！」

先ほどの言葉は本心だ。この子、本当に可愛い。ひょっとしたら、私の姿が人間になっている影響で感性も人間に近くなっているのかもしれない。

すんすん。はぁー……いい匂いがする。柔らかい。正直ずっと抱きしめていたい。

駄目かな？　もう少し強めに触っちゃ駄目かな？　こう、ぐいっと。

「〜〜〜〜〜ッ！　だ、大丈夫です！　大丈夫ですから離してください！」

「あ、くっ……」

彼女は私から離れて深呼吸をする。ちっ、残念。

落ち着いたのか、少女はもう一度こちらの方を向く。

「す、すいません、見苦しいところをお見せして。あの……私、鷺ノ宮梓（サギノミヤアズサ）っていいます。アズサって呼んでください。よろしくお願いします」

「あ、どうも……。私は――」

そこで気づいた。

……そういえば名前はどうしようか？

私たち竜族にも、人間と同じように名前がある。でも竜の名前ってかなり異なるんだよなー。それに発声方法も発音も違うから上手く発音できるかわからない。

「えーっと私は――ア■■■▶■■■●▼▶●●■■■」

あ、駄目だ。やっぱり上手く発音できない。言えるのはギリギリ頭文字のアだけだ。

「……アーちゃん……は言えるか。ディーちゃんも大丈夫。ディ●■◆▶●●◆▲▶●●――は、やっぱり駄目か……」

私の名前だけじゃなく、他の竜の名前も言えないか。愛称とかならギリいけるみたいだけど。

「……？　あの、今なんと？」

「あー、ごめんねぇ、喉がちょっと……あー、あー」

なんか適当に偽名を考えるか。でも彼女のいた世界では「名は体を表す」という。なら、私も自分に合ったそれっぽい名前にしたほうがいいか。うーん……あ、これでいこう。

「えーっと、私の名前は天音（アマネ）っていうの。アマネと呼んでね」

「――――！」

そう名乗った瞬間、彼女は一瞬目を見開いた。

「あ……あ、アマネさん、ですね。よろしくお願いします。なんか訳のわからない状況ですけど、アマネさんがいてくれて心強いです」

「私もアズサちゃんと一緒で心強いよ。よければ友達になってくれる？」

「もちろんです！　これからよろしくお願いします！」

「うん、こちらこそ」

私はアズサちゃんと握手を交わす。

この世界で最初のお友達ができた。わーい。

その後、私たちは姫様らに案内されて、この国の王様っていう偉い人に会わされた。

長ったらしい挨拶とか回りくどい話の内容だったけど、要約するとこの世界では人族と魔族っていう二つの種族間で戦争をしていて、私たちは人族を救う勇者として呼ばれたらしい。

長い話を終えると、王様はさっさと席を立っていなくなってしまった。

「そういうことなのですわ。突然このようなことを言われて、さぞ混乱されていることでしょう。ですが、どうかお願いしますわ。私たちをお救いくださいませ、勇者様」

姫様が頭を下げる。

「姫様⁉　い、いけません。王族がそんな軽々しく頭を下げるなど」

んで姫様の周りの人たちが慌てる。

「ふーん。要は喧嘩の仲裁をしてほしいってことかな？　いいよ、それくらいならやってあげても」

竜界でもやってたことだし。

この世界には休暇としてやってきたけど、そのきっかけを作ってくれた手前、最低限の義理は果たしたい。異種間の喧嘩仲裁というのは初めてだけど、引き受けますとも。

「いや、アマネさんはどうしてそんなに偉そうなの？　ていうか、なんてテンプレ展開……。勇者召喚とか、まさかホントにあるなんて信じられない……ワクワクするじゃん……！」

アズサちゃんは茫然としながらも、どこか目を輝かせている。

そういえば、彼女のいた世界では、魔法や別の世界というのは想像や空想の産物とされていたんだっけ？

魔法が存在しない世界、か……。なかなか興味深いね。

あ、ていうか私も彼女と一緒に来たという設定だった。

あんまり落ち着いてたりするのは、よくないかもしれない。よし、ここはアズサちゃんみたいにしたほうがいいだろう。

「えーっと。う、うわー、凄イナー、トッテモ驚イタナー。ワクワクスルー」

「……あまり驚いているように見えませんが？」

ちっ、この姫様はなかなかに鋭いな。私のこの完璧な演技を怪しむなんて。

「そういえば自己紹介が遅れましたわね。私はパトリシア・ハリボッテ。このハリボッテ国の第二王女ですわ。パトリシアとお呼びくださいませ」

「……姫様って名前じゃないの？」

「ふふ、アマネ様は面白いことを仰いますわね。姫とは身分を表す言葉で、名前ではないのですよ？」

あ、そうなんだ。

「アマネさんってひょっとして外国に住んでたんですか？　日本語が上手だから私てっきり……」

ヤバい。アズサちゃんからの疑わしき眼差し。

「え、あ、いや、その……うん、そんな感じ。えっと……アキハバラってところに住んでたの」

「……思いっきり日本じゃないですか。あ、そっか、留学的な……。まあ、詳しくは聞かないですけど」

あっぶねぇ……危うくボロが出るところだった。だが、さすが私。とっさの機転で乗り切ったぜ。

……乗り切ってるよね？

「そういえば、そもそもなんで私たち言葉が通じてるんです？　異世界なのに？」

「え？」

言葉が通じるって普通のことじゃないの？

しかしパトリシアちゃんは、よくぞ気づきました、という感じに笑みを浮かべる。

「さすがアズサ様、鋭いですわね。言葉が通じるのは、勇者召喚の魔法によるものなのです。勇者様には召喚された際、この世界の言葉が通じるように魔法がかけられるのですわ」

「へぇー、便利だねー」

てっきり同じ言語なのかと思った。しかしやるじゃないか、召喚魔法。旧式のくせに私の体を人間に変えるだけでなく、言葉にまで影響を与えるなんて。褒めて遣わす。

「すごい、こんなご都合主義まで……テンプレすぎる……。ここまでテンプレだと次はきっとアレがくるのかな？」

アズサちゃんはなんか興奮した様子だけど、どうしたんだろう？

「ですが、勇者召喚は誰でもできるわけではありませんの。王族の血を引き、更に莫大な魔力を消費するこの召喚の杖を使いこなせる者でなければなりません」

そう言ってパトリシアちゃんは、先端に赤いでっかい宝石が付いた杖を仰々しく掲げる。そういえば、あの杖ずっと手に持ってたね。

「姫様は莫大な魔力を有し、この国始まって以来の天才と謳われた魔法使いなのですよ。姫様がいなければ、勇者の召喚はできませんでした」

姫様の周りの人が補足すると、姫様がちょっと自慢げに鼻を鳴らす。

「……なるほど、たしかに先端の宝石に召喚魔法の術式が組み込まれてる。旧式だけど」

思わずぽそっとそう呟くと、パトリシアちゃんが反応する。

「？　アマネ様、今なにか仰いまして？」

「あ、いや、なんでもないよ。パトリシアちゃんはすごいなーって」

「パ、パトリシア、ちゃん……？」

ポカンとするパトリシアちゃん。くわっと目を見開く周りの人たち。

「き、貴様！　姫様にそのような呼び方！　いくら勇者様といえど不敬であろう！」

「そうだ！　姫様に対しなんと無礼な！」

「身の程をわきまえろ！　異世界人風情が！」

えぇー何この人たち。

名前で呼んでいいって言ったのは、そのパトリシアちゃんじゃないか。

「ふ、ふふ……そんなふうに呼ばれたのは子供の時以来ですわ。ま、まあ好きに呼んでいいと言ったのは私ですし……ぜ、全然気にしてませんわ。えぇ全く……」

なんかマユをぴくぴくさせるパトリシアちゃん。

すると、アズサちゃんがぼそぼそと耳打ちしてくる。

「……アマネさん、今のうちに謝っておいたほうがいいよ。こういう中世ヨロ一ッパふうの世界って現代社会みたいに礼儀に寛容じゃないからさ。下手に現代理論無双で論破しちゃうと、かえって面倒なルートになるんだよ。追放系とか成り上がり系は二周目以降に楽しむもの。まずは王道テンプレルートを楽しむ。基本を押さえてこその変化球。頭下げて済むなら、それに越したことはないんだよ」

「……んー、たしかに」

謝って済むなら竜王はいらない、って竜界ではよく言われてた。竜の間では基本、謝ったほうの負けなのだ。だから負けず嫌いな竜は絶対に謝らない。

しかし、謝って済むならそれに越したことはない。私が働かなくて済むし、余計な被害も出ない。

「えーっと、その……なめた口きいてごめんなさいです」

「い、いえ……お気になさらずですわ……」

おっほん、とパトリシアちゃんは咳払いをする。

「と、ともかく、お二人には勇者として魔族と戦ってほしいのですわ。それに申し訳ありませんが、魔族の王――魔王を倒さない限り、お二人を元の世界へ帰すこともできませんの」

「……？　魔王を倒すことと元の世界に帰ることに何の関係が？」

「帰還の魔法陣は魔王だけが持つ秘術なのです」

「え、じゃあそれ倒しちゃ駄目なんじゃ？」

魔王だけが帰還の魔法を知ってるのに、それを倒すのは矛盾しているのでは？

すると、パトリシアちゃんは妙に慌てた様子で説明する。

「ま、魔王を倒せば帰還の魔法陣が手に入るのですっ。そういうことです！」

「なるほど、そういうことですか」

「そうなのです。そういうことなのです」

あれ？　これ魔王倒さないほうが私にとって都合がいいんじゃない？　だって私、竜界に戻るつもりはないし。少なくともあと三百年は。

ていうか、なぁーんか怪しいなー。

そもそも転移や召喚の魔法陣は、通常だと往復でワンセットだ。それをわざわざ二つに分ける理由がない。ましてや、あの魔法陣は一方通行の旧式だ。

「うーん、もしかして帰還方法うんぬんは私たちを魔族と戦わせるための方便なのかも……」

隣でアズサちゃんがぽつりと呟く。

「そうなると……これ、実は人間か王族側が悪者のパターンかな？　なら早めに魔族とのパイプを繋(つな)いで共闘ルートとか？　もうちょっとシナリオが進んでからじゃないと判断つかないかな……」

「アズサちゃん、何をブツブツ言ってるの？」

「あ、いや、なんでもないよ。ちょっと考え事をしてただけです。私、こういう時のために色々と妄想(シミュレーション)だけは欠かさなかったので」

アズサちゃんは、ぱたぱたと手を振る。

なんでもないなら別にいいけど。

まあ、私としては休暇を満喫できればそれでいい。この偶然手に入れた機会をふいにするわけにはいかない。

「では、さっそくお二人の魔力を調べさせてもらいます。こちらの水晶に手をかざしてください」

姫様がそう言うと、配下の者が手のひら大の水晶を持ってくる。

「これは？」

「手をかざした者の魔力を調べる水晶です」

「魔力を調べる？　手をかざしただけでわかるんですか？」

「はい。この水晶に手をかざすだけで、その者の持つ魔力の質や量、性質を調べることができます。さあ、お手をかざしてください」

「ドテンプレきたーーーーーーーーーー！」

うぉ、声でっか。見ればアズサちゃんがすごく目を輝かせていた。

「ア、アズサちゃんどうしたの？　そんな興奮して？」

「いや、だってアマネさん、魔力測定ですよ！　どんな異世界ファンタジーものでも、お約束の魔力測定！　ただのテンプレじゃない。どんな作品でもお約束とされ、今なお鉄板ネタとして擦(こす)られ続けるド級のテンプレ。ドテンプレなんです！　うわぁー、すごい。本当に水晶なんだ。かっこいいー……」

「………あ、うん」

なんかもうよくわかんないから、それでいいや。うっとりと水晶を眺めるアズサちゃんに、私はそれ以上何も言えなかった。あとパトリシアちゃんたちもドン引きしてるから、早く正気に戻ったほうがいいよ。

それにしても分析魔法（ブンセーキ）ね……。

その者が持つ魔力の性質や量を調べるって——あれ？

ちょっと待てよ？　これ下手したら私が人間じゃないってバレるんじゃね？

早くも身バレの危機じゃないか!?

「それじゃまず私から……」

アズサちゃんは興奮冷めやらぬまま水晶に手をかざす。

すると、水晶が淡く光りはじめた。緑、黄、白の三色の光を放っている。

「素晴らしい！　アズサ様は風と土、そして光属性の魔力をお持ちです。それにこの強い光……保有する魔力量も現時点で並の魔法使いを遥（はる）かに超えておられます。さすが勇者様です！」

姫様、すっごく嬉（うれ）しそう。どうやらアズサちゃんの分析結果は良好だったようだ。

「アマネさん、私すごい魔力みたいです！　ふ、ふふ……異世界テンプレ気持ちいぃ……」

「あ、うん。よかったねー……」

すっごい気持ちよさそうな顔してるし、もうそれでいいや。

でも彼女はどうでもいい。問題は私だ。私が触れたら、この水晶はどんな反応をするのか……。

「では、次にアマネ様、どうぞ」

姫様が私の名を呼ぶ。

「あ、はい。……あの、つかぬことをお聞きしますけど、これって仮に人間以外の生物が触れればどうなるんですか？」

「そういえば説明が足りませんでしたね。この水晶は種族によって水晶に紋章が浮かび上がる仕組みになっておりますわ。人族ならば丸い紋章が、魔族ならば星型、動物や魔物ならば三角、アンデッドならば四角の紋章が浮かびます。ほら、今は丸い紋章が出ているでしょう？」

アズサちゃんの触った水晶はたしかに丸い紋章が浮かんでいた。

「へ、へぇ……。ちなみにドラゴンとかは？」

「ドラゴン……ですか？」

私がそう訊ねると姫様はなぜか目を丸くした後、クスクスと笑った。

「アマネ様は面白いことを仰いますね。ドラゴンなんてこの世界にいるわけないじゃないですか。蜥蜴族のような亜人種やサラマンダーのようなモンスターはいても、ドラゴンなんて架空の生物は物語の英雄譚にしか存在しませんよ」

「……そうなんですか？」

「はい。遥かな太古にはドラゴンも実在したと唱える研究者もいますが、確たる証拠はありません。変異したリザードやサラマンダーの化石からそう推測したのでしょうね」

「……？」

それを聞いて私は違和感を覚えた。

ドラゴンがいない……？

魔族やモンスターはいるのに、なぜドラゴンはいないのだろう？

というか私、そのドラゴンなんですけど。

ほら、ここ。角生えてますよね？　尻尾もありますよー？　なんで見えないんですかー？

「さあ、水晶に手を」

「は、はぁ……」

もうこうなれば、どうにでもなれだ。

どこか釈然としない気持ちで私は水晶に手をかざそうとして――、

「ッ……」

不意に、私の右目が痛んだ。


――水晶に魔力を込めた瞬間、水晶(それ)は粉々に砕け散った。

解き放たれた魔力の塊は瞬く間に膨れ上がり、全てを破壊し尽くす暴虐の嵐へと変化する。

『な、なんだこれは!?』

『魔力が……！　水晶に込められた魔力が暴走しているのでは!?』

『なんだこの密度は……！　これほどの魔力密度……！　この辺り一帯が吹き飛ぶぞ!?』

『ど、どうしてこんなことが!?』

『いやああああああああああああああああっ！』

『だ、誰か助けてくれえええええええええええええ!?』

その場にいた人々は消し飛び、城は跡形もなく崩壊した。

更に魔力の渦は広がり続け、王都を飲み込み、国を飲み込み、やがて大陸を飲み込み、海を干上がらせ、空をかき消し、空間を砕き破壊してしまった。

こうして——世界は滅んだ。


「————————はっ!?」

い、今の光景はいったい……？

私は周囲を見回す。

目の前には水晶があり、アズサちゃんも、周りの人たちもちゃんといる。

(ま、まさか今の光景は……私が見た未来？)

正確には【竜皇の瞳】が見せた未来なのだろう。

魔力を普通に込めた結果、私の魔力に世界が耐え切れず崩壊してしまったのだ。

嘘でしょ。普通に魔力を込めただけで今の大参事が起こるっていうの？

信じられないが、右目が痛むのは未来を視た証拠だ。

世界の危機に反応して、事前に私へ知らせてくれたのだろう。

——竜王が普通に魔力を込めると世界が滅ぶ。

さすがにこれは想定外だった。

だが仕方ない。であれば、込める魔力はほんの最小限に留めなくては。

でないと、世界が滅ぶ。

「あの……どうしたんですかアマネさん。先ほどから右目を押さえて？」

「あ、いや、これはその……なんでもないです」

いけない、アズサちゃんに余計な勘繰りをされてはマズい。

私はなんでもないと言い、再び水晶に魔力を込めた。

……ほんのちょっと。一割くらいかな？

——右目が痛み、世界が滅ぶ未来が見えた。


これでも駄目なんかい！

じゃ、じゃあ更にその十分の一だ！

私の魔力の一パーセント！　これならどうだ！

——世界が滅んだ。


でぇえい！　じゃあ〇・〇一パーセント！　これならどうだ！

——世界が滅んだ。


じゃあこれなら！

——世界が（以下略

これくらいなら！

これなら――。

まだまだぁ！

――……。


「はぁー……はぁー……うっぷ、うげぇ……」

く、苦しい……。どんだけ込める魔力を制限しても世界が滅ぶ未来が視える。

「くっ……右目が……右目がうずく……っ」

私は必死に自分の右目を押さえた。

未来を視すぎたせいでズキズキと痛む。

「あ、あのアマネ様、体調が優れないのであれば、また後日でも――」

「黙っていてください！　今、集中してるんですから！」

「ひゃ、ひゃいっ」

そうだ。私はこんなところで世界を滅ぼしている場合じゃないんだ。

休暇……そう、久しぶりの休暇を満喫するためにこの世界からの召喚に応じた。

その世界を滅ぼすことなどあってはならない。

「すぅー……はぁー……」

私は息を深く吸い込み、かつてないほどに集中する。

（極大弱化呪法発動……！　更に対竜神衰弱魔法、極大魔力減衰魔法、神術・削弱結界、魔力神経麻痺、肉体不全魔法、呪害黒術、不良呪術、不全法、消沈呪、盛衰魔法……！）

よし、自身への魔法なら問題なく発動できるな。アズサちゃんの記憶も読み込めたし、おそらく魔法ではなく純粋な魔力の放出が問題なのだろう。

これで今の私は虫けら同然。普通の竜ならば生きているのも困難な気息奄々たる状態になった。

「はぁぁぁぁあああああああああああッ！　これならどうだああああああ！」

全ての力を弱さに変えて今、私は魔力水晶に挑む！

私が手をかざすと水晶は――――何も反応しなかった。

右目に反応は、ない。

世界は――――滅びなかった。

「…………………やった」

私は思わず拳を握りしめ涙を流す。

勝った！　私はこの辛く厳しい試練に勝ったのだ！

世界は滅びない。

世界は美しい！

休暇は私のものだ！

「やったあああああああああああああああああああああっ！」

――次の日、魔力無しと判定された私は城から追放された。

第二章

竜王さま、少女と子猫を拾う

悲報。

魔力無しと判定された私、追放される。

いや、私としては万々歳な結果なんだけどね。世界が滅ぶこともなかったわけだし。

――そんなわけで私は今、王都郊外に用意された住居の前にいる。

◆

『い、嫌です！　なんでアマネさんが追放されなきゃいけないんですか！　自分たちの都合で呼び出しておいて役に立たなきゃ捨てる!?　ふざけないでください！』

しかしアズサちゃんがあそこまで怒るとは意外だったなー。

会ったばかりの私のために、あそこまで怒ってくれるなんて……彼女は本当に優しい人だなぁ。

『……しかしアズサ様、この世界では魔力のない者は戦うことはおろか、生きていくことすら困難なのですよ。もちろん、我々としてもアマネ様を見捨てるつもりはありません。追放とは、あくまでも形式上の扱いで、実際には保護を約束します。そうですよね、ピザーノ大臣？』

『ぬっふっふ、もちろんですよぉ姫様ァ……』

姫様のフォローに、すごく太った豚みたいな見た目の大臣が頷(うなず)く。

『人々の希望として召喚した勇者様が魔力無しなどと公表しては、国民も不安になりますからねぇ。勇者はアズサ様一人ということにしましょう。かわりに、アマネ様には王都郊外の安全な住居と、生活していくうえで十分な金銭を用意することにしましょう。ぬっふっふぅ……』

『え!? それってつまり……私は何もしなくていいってこと……？』

『ええ、そうなりますねぇ。もちろん、勇者と口外しないことや色々約束していただくことはありますが――』

全てを言いきる前に、私は大臣の手を掴(つか)んだ。

『い、いいんですか……？ 勇者として呼ばれたのに、勇者の「仕事」をしなくても……！』

『だ、だからそう言ってるでしょう？ 魔力無しなんて愚図(ぐず)――じゃない、勇者としての務めを果たせないのですから』

『ッ……！』

仕事を……仕事をしなくてもいい？ 信じられない。いちおう、召喚に応じた手前、最低限の義理――勇者とやらの務めくらいは果たそうと思ったのに、それすらしなくていいだなんて。

なんて……なんて素晴らしいんだ！

働かなくていいうえに、住居や食べ物まで保証してくれるなんて！

『こんな贅沢(ぜいたく)が許されていいのか……』

『な、何を言っているんですかぁアナタは……？』

至れり尽くせりすぎて、夢じゃないかと思えてくる。これは本当に現実なの？

『アナタ、名前はなんというんですか？』

『ピザーノ・デブハットと申します』

『ピザーノ・デブハットさん、アナタは素晴らしい人だ！　もっと早くアナタに出会いたかった……』


竜界での労働とか、労働とか、労働とか。全部丸投げしたかった。

その望みを叶えてくれたのは、この人だ。

『ア、アマネさん、そう簡単に人を信じちゃ駄目ですよ。それにこの人、なんかすごくうさん臭そうですよ？　悪い人かもしれないんですよ？』

『アズサちゃん、人を見た目で判断しちゃいけないよ。私にはわかる。この人はすごく良い人だよ』

『え、えぇー……』

だってこの人、やましい心が全然ないもの。悪い人っていうのは、竜界で封印された邪神竜のアジルのようなヤツのことを言うんだよ。

私も含め、竜は善悪を魂で判断する。

確かにアズサちゃんやそっちの姫様に比べれば割と濁ってるけど、アジルのあの地獄を煮詰めたような真っ黒でどす黒い魂の色に比べれば全然問題ない。だからこの人はきっといい人だ。

『で、でも……なんで郊外なんですか？　このお城とかでも問題ないでしょう？』

『人目につくのを避けるためですよぉ。勇者召喚は最重要機密事項ですからねぇ。事情を知っている者は最低限に留めてあります。この城に住まわせては、どこから情報が漏れるかわかりませんからねぇ。ずっと部屋に閉じ込めるわけにもいきませんし。なら、人目につかない郊外で他国から流れてきた移民として暮らしてもらうほうが色々都合が良いんですよぉ。ぬっふっふ……』

『ッ……それはあなたたちにとっての都合では？』

『当然、アマネ様の安全にも配慮しております。召喚されたお二方は知らぬことかと思いますが、この国では移民に対し、身分や人権の最低限の保証を約束しています。それに郊外とはいえ王都周辺。治安は他所と比べるまでもありませんよ、ぬっふっふ……』

おお、なんて素晴らしい人なんだ、ピザーノ大臣。この人のことはきちんと覚えておこう。

竜界に戻る時にはスカウトしようかな。通いでいいから仕事を手伝ってほしい。

『アズサちゃん、私は全然気にしてないからさ。……ね？』

『アマネさん……っ。わかりました。少しの間だけ、我慢してください』

『……？』

アズサちゃんは何やら決意を固めたような表情をしているが、何だろう？

『しかし移民として扱うにしても、さすがにその服装じゃあんまりですね。すぐにアマネ様の服をご用意しましょう』

『え、いや……私、服は別に……』

なんだったら全裸でも全然構わないと言おうとしたのだが、姫様とアズサちゃんの顔が全く笑っていなかった。

『用意しますから、ちゃんと着てください』

『そうですよ！』

『………はい』

姫様とアズサちゃんの圧がすごいので、私は頷くしかなかった。

くっ……!? なぜこんな窮屈なものを着なければいけないんだ……！ こんなんだから竜の間じゃ劣等種だって語り継がれたんだよ。

その後、姫様とピザーノ大臣の話し合いが行われ、私は表向き、他国からの移民扱いになった。

◆

そして——。

「えーっと、これ……だよね？」

伝えられた住所にやってきてみれば、そこにあったのは今にも崩れそうなボロボロの家屋だった。

王都の郊外。確かに町並みが見えなくなるほど森の中だけど、郊外には違いない。

「最低限、ね……うん、なるほど、確かに最低限だ」

おおかたパトリシアちゃんの側近連中の仕業だろう。

いちおう彼女からは純粋な謝罪の気配を感じたが、ピザーノ大臣や他の連中からはそれが感じられなかった。

「ま、別にいいけどねー」

アズサちゃんの世界には「住めば都」なんて言葉もあるし。

「お金の方は……はぇ？」

支度金として渡された袋を開けてみると、中には銅貨が三枚入っていた。

たしかアズサちゃんの世界の換算で三〇円……この国の一食あたりの平均お値段が五〇〇円くらいらしい。

「最低限、ね……うん、なるほど……たしかに最低限だ」

ま、まあ別に構わないしっ。

竜である私にとって貨幣などコレクション以上の意味はないしっ。

……まあ、キラキラしたものは好きだから、金貨とかならめっちゃ欲しいけど。なんなら銀貨や銅貨とかにも興味ありまくりだけど。

言っておくけど、キラキラしたものが好きなのは竜族全体の一般的価値観であって、決して私が強欲だとか金銭欲の塊だとかそういうわけではないのだ。……ホントダヨ？

「とりあえず入ってみるかな」

ベキッ。

玄関の扉を開けようとしたらドアノブが壊れた。

「……………ま、まあドアくらい直せば問題ないか。それじゃあ中を確認——」

バキャッ。

足を踏み入れた瞬間、床が抜けた。

「…………」

ガラガラガラッ。

天井を見上げた瞬間、屋根が崩れ落ちた。

ボロボロだった家屋は、ただのゴミの山へと変貌した。

「…………マ？」

これ、最低限よりも更に下なのでは？

崩れたせいで床の下の真っ黒な土と、土台の一部として使われていたであろうでっかい岩がむき出しになっている。

でっかい岩には何やらボロッちい紙が貼り付いていた。

「なにこれ？」

何やら変な魔力を感じるが、ひょっとして家がボロボロなのはこの魔力のせいなのでは？

うん、たぶんきっとそうだ。決して私がドアを壊したからではない。

「……汚いし、剥いじゃえこんなもんっ」

イラッとした私は岩に貼られていた紙をべりっと剥がした。

すると周囲がカタカタと揺れだした。こんな紙一枚剥いだくらいでここまで揺れるなんて、やっぱりかなりガタがきていたみたいだ。

「あー、これ駄目だな。さすがに修理しないと」

ていうか、先ほどよりも黒い土が湿っている。

泥みたいにポコポコしてるし、黒い煙がもやもやと漂っているではないか。うへぇー、ばっちぃ。

『■■■■■■■■〜〜〜〜ッッ！！！！！』

「ん？　なにこの人形？」

こんなところに骸骨の人形なんてあったっけ？

いつの間にやら、私の後ろには骸骨の人形がいた。

骸骨の人形は真っ黒なフードを被（かぶ）り、でっかい草刈り鎌みたいなのを振り回している。

『■■■■ッッ！　■◆◆■■■〜〜〜ッッ！！！』

「あ、わかった。ひょっとしてここ、アズサちゃんの世界にあったお化け屋敷ってやつかな？」

どろどろした雰囲気とか、ボロボロの家屋とかいかにもそれっぽい！

郊外にあって手入れもされてないし、廃棄されたテーマパークのお化け屋敷ってやつなのだろう。

うん、それならボロボロなのも納得だ。

「てか、危ないよ。いくら脅かすためとはいえ、こんなの振り回しちゃ」

私は骸骨の人形の鎌を取り上げてぽいっと投げ捨てた。

『……ッ!?　■、■……？　？　？　？』

骸骨の人形は私と外に転がっている鎌を交互に見る。

人形など放っておいてさっさと家屋の修繕作業に取りかかるか。

「うーん、まずは掃除かなぁ。修理するにしてもこのままじゃ汚いし。――浄化魔法（クレンザ）」

『■■■■■〜〜〜〜〜〜〜〜ッッッッ!?!?!?』

次の瞬間、周囲に漂っていた埃（ほこり）や汚れが綺麗（きれい）さっぱりなくなった。

うん、やっぱり魔法なら問題なく使えるようだ。

魔力水晶のように私の魔力を直接出力するのではなく、自分を極限まで弱体化させ、魔力を希釈し、この世界のフォーマットに合わせた魔法で出力すれば世界は崩壊しないようだ。あとで色々試してみよう。

「……ん？　あれ？　あの骸骨人形どこいった？」

さっきまでそこにいたと思ったんだけど？

ついでに足元から何かが消えるような気配がした。

「お、真っ黒だった地面が綺麗になってるじゃん♪　ラッキー」

へぇー、浄化魔法（クレンザ）ってこっちの世界だと地面にも効果があるのか。

これなら、しっかりと柱を打ちこんでも大丈夫そうだね。

てか、一瞬黒いモヤが見えたような気がしたけど……別にどうでもいいか。

「次に壊れた柱やドアの修理だね。――時間回帰魔法（モドール）」

壁や床、屋根や家具など、この周辺を指定して時間を巻き戻す。

映像がどんどん逆再生されるように、家や家具が新品の姿に戻ってゆく。

え？　どうせ巻き戻すなら浄化魔法（クレンザ）は必要ないだろって？

いやいや、そこがまた違うんですよ。埃や汚れを先に綺麗にしておかないと、それも含めて時間が戻ってしまうのです。

つまり新品なのに汚れや埃まみれという、ちぐはぐな状態になってしまうのだ。

ぶっちゃけると、どっちが先でも結果は同じだけど、汚れが酷（ひど）かったから先に綺麗にしたかったんだよね。

『……？　■、■■■……？』

あ、骸骨人形がいた。

何やらキョロキョロと己の周囲を見回して首をかしげている。

どうしたんだろう？　まるで急に消えた自分がまた元に戻ってるみたいな驚きようだ。

「ま、こんなもんかな。あ、修理終わったし、はいこれ。返すね」

『…………』

私は骸骨人形に鎌を返す。

骸骨人形は茫然と私を見つめている。

「というか、もしかしてこれ人形じゃなく生きてるのかな？」

アズサちゃんのいた世界では物には魂が宿るらしい。付喪神ってやつだ。

ずーっとこのお化け屋敷で誰かを脅かしてきたこの人形も、長い年月の中で意思を持ったのかも。

そう考えるとちょっと可哀そうだな。

「……寂しかったでしょ。ずーっとここで独りぼっちで」

『……』

骸骨人形はこくりと頷いた。そわそわと落ち着かない様子でどこかを見つめている。

「どこか行きたいところがあるの？」

『……』

骸骨人形はこくりと頷いた。ひょっとして別のお化け屋敷だろうか？　こんなになってまで、まだ働きたいだなんて心底尊敬する。なんという勤労精神なのだろう。

「すごいね、そこまで頑張るなんて私にはできないよ」

『……？』

「私もさ、仕事いっぱい頑張ったんだ。でも全然ダメでさ。私がいくら頑張っても喧嘩も争い事も全然減らないし、もう嫌になっちゃったんだ。それで、しばらくここでのんびり暮らすことにしたの。だから気が向いたら、またいつでもここに来なよ。たくさん驚かされてあげるから」

『……！　……！』

私の言葉に、骸骨人形はコクコクと大きく頷いた。

「あ、そうだ。その鎌かして」

『……？』

私は骸骨人形から鎌を借りる。

「えーっと、ここをこうして――あとこれをこう、っと」

竜王式強化魔法に不壊(ふかい)属性付与、あと空間属性と時間属性を付与する。ついでに使用者の能力が上がる支援魔法も付与しちゃおうかな。

「はい、これ。餞別(せんべつ)代わりにちょっとだけ性能良くしといたよ」

『……!?　■、■■■■♪　■■■■■ッ！』

骸骨人形はすごく驚いて、だがとても喜んでくれたようだ。

「ははは、そんなに喜んでくれるとこっちまで嬉(うれ)しくなっちゃうね。それじゃあね。お仕事、頑張ってね」

『■■■■♪　■■■■■■■■♪』

骸骨人形はそのまま空へ浮かび上がり、何処(いずこ)かへと消えていった。

「――さて、それじゃあ作業を再開しますか」

応急処置は終わったけど、まだまだ手を加えたいところはたくさんある。

なぁに、時間はたっぷりあるんだ。少しずつ私好みに整えていくとしよう。

住居の自己流リフォーム……アズサちゃんの世界ふうに言えばＤＩＹだっけ？

いいね、これぞ休暇って感じじゃん。

楽しくなってきたぁー♪

◆

――かつて不死王と呼ばれた最強のアンデッドがいた。

スケルトンやゾンビ、ゴーストといった、この世ならざる不死のモンスターたちを総べる、アンデッドの王にして頂点。

そのあまりに強大な力ゆえに人と魔族、当時の勇者と魔王が一時的に手を組み、その命を犠牲にしてようやく封印したほどの化け物である。

その封印場所は厳重に守られていたが、時が経つにつれ、だんだんと人々の記憶から忘れ去られていった。

今ではハリボッテ王国郊外の森の一角に、ひっそりとその封印石と封印札だけが残されていた。

かつてアンデッドの楽園を創ろうとした不死王が封印された地で、命ある人々が作り上げた王国が繁栄を極めるとはなんとも皮肉な話だ。

だが、もし仮にこの封印が解ければ、この世界は一気にこの世の地獄と化す。

そう、不用意に誰かが封印の札でも剥がない限りは……。

「……汚いし、剥いじゃえこんなもんっ」

そんな地獄の蓋が、とある竜王（現在無職）の手によってあっさりと開けられた。

家屋が汚かったのでイライラしていた。そんなしょうもない理由で。

『――――ォォ……ォォォオオオ、オオオオオオオオッ！　自由だ！　遂に我は自由を手に入れたぞ！　クハハハハハッ！　苦節千年！　ようやく我が再びこの地を支配する時が来たのだ！』

封印を解かれた不死王は舞い上がった。

今度こそ、この世界をアンデッドの楽園に変えてやろうと考えた。

さしあたって、目の前の少女を最初の住民としてアンデッドに変えてやろう。

『クックック、コイツが我の封印を解いたのだな。何も知らない愚かな人間よ……。だが光栄に思うがいい。我が封印を解いた功績をたたえ、貴様を我が最初の僕にしてやろう』

不死王が手をかざすと禍々しい大鎌が顕現する。

『この不転の大鎌は肉体を斬らず魂のみを斬り裂く武器！　そして斬られた者は我の従順なる僕と化すのだ！　さあ、我が僕となるがいい！』

不死王は目の前の人間に向けて思いっきり大鎌を振りかざした。

スカッ。

『…………あれ？』

おかしい。

斬ったはずなのに、目の前の人間はアンデッドにならない。それどころか、斬られたことにすら気づいていない。というか、不死王の存在にも気づいていない。

『ど、どうやら封印が解かれたばかりで、少々力に不具合が生じているようだな……』

不死王はもう一度集中する。

体内の魔力をしっかり循環させ、封印前の力がきちんと戻っていることを確認。大地に不転の大鎌を近づけると、その禍々しい魔力にあてられて大地が黒ずんでゆく。不転の大鎌にきちんと効果があることも確認――ヨシッ。

確認作業は大事。不死王は基本を怠らないのだ。

『……よし、魔力も武器もちゃんと機能しているな。ふはははは！　待たせたな、愚かな人間よ！

さあ、今度こそ我が僕となるがいい』

スカッ。

効果がなかった。

『あ、あれー？　な、なんで？　どうして魂が傷つかない!?　なぜアンデットにならないのだ!?』

というか、斬ったはずなのに、なんでこの人間は何の反応も示さないのだろう？

魂が傷つけられるのだ。普通ならば耐え難い苦痛に襲われ泣き叫ぶはずだ。

これで斬られたら不死王だって痛いんだぞ。

『えいっ。えいっ。えいっ』

スカッ。スカッ。スカッ。

しかし効果はなかった。

魂を斬っている感覚はある。だが斬っても斬ってもキリがない。たとえるなら、ありえないほどに巨大な大樹を草刈り鎌で斬り倒そうとしているような、そんな終わりの見えない感覚だ。

『お、おかしい。こんなのおかしいぞ……？　我は不死王。こんなこと、ありえない……』

「ん？　なにこの人形？」

すると、ようやく女がこちらの方を見た。

その瞬間——不死王はゾワリとした。

まるで失ったはずの心臓を鷲掴みにされているかのような、圧倒的な恐怖が全身をかけめぐる。

ヤバい。目の前の人間は何かが違う。これは人の皮を被った別のナニカだと確信した。

『う……うわぁああああああああああああああああああああ！』

不死王はがむしゃらに鎌を振り回す。だが——

「危ないよ。いくら脅かすためとはいえ、こんなの振り回しちゃ」

『!?』

目の前の人間は、不転の大鎌を軽々と掴み上げて、その辺にぽいっと投げ捨てた。

アンデッド以外の存在が触れれば、瞬く間にその体が腐り果ててしまうはずの不転の大鎌をだ。

というか、雑に捨てられた不転の大鎌の方にちょっとヒビが入っている始末。

『えぇー……』

なんなの、コイツ？

不死王である自分を恐れないばかりか、まるでその辺の小石でも見るかのような興味のなさ。

不死王はひどく混乱した。

「まずは掃除かなぁ。——浄化魔法」

『!?　な、なんだこの強烈な光は——ぎゃぁああああああああああ！』

そして混乱しているうちに、不死王は消滅した。

千年前、この世の全てを恐怖のどん底に陥れた最凶最悪の化け物。その、あまりにもあっけない最期だった。

「――時間回帰魔法(モドール)」

『…………………ゑ(え)？』

と思ったら、次の瞬間には復活した。

いったい何がどうなっているのだろうか？

今しがた、たしかに自分は消滅したと思ったが、アレは幻覚だったのか？

『……いや、幻覚などではない……』

アレはたしかに聖光魔法の光だった。

それも、かつて不死王が苦戦したとある皇国の【聖女】が使ったモノよりも遥(はる)かに強力な。

『ば、化け物め……！　よもや我を超える存在がいるとは……。くっ、こんなところで終わるのか、我の野望は……なんと口惜しい……』

不死王は後悔した。ようやく封印が解けて、千年前の宿願を果たせるかと思った矢先にくじかれるなんて。

「あ、修理終わったし、はいこれ。返すね」

『え、あ……はい。どうも』

不死王は思わず反射的に不転の大鎌を受け取ってしまう。

あまりにもぞんざいな扱い。きっとこの人間にとって、不転の大鎌なぞ、その辺の草刈り鎌と変わらないのだろう。……自分が不死王になってから研鑽(けんさん)と研究を重ねた武器なのにと、不死王としてはちょっと複雑な心境だ。

「……というか、もしかしてこれ人形じゃなくて生きてるのかな？」

『なにを……言っている……？』

生きている？

生きているだと？

この不死の存在を前にして、この人間は何を言っているのだ？

「……寂しかったでしょ。ずーっとここで独りぼっちで」

『……ハッ、何を馬鹿なことを……』

独りぼっち？　そんなはずはない。千年の封印なんぞ不死王にとっては一瞬に等しい。

そもそも己の力の前には誰もが傅く。最強にして孤高の存在。それが不死王だ。

寂しいだの、独りぼっちだのそんな陳腐な感情などありはしない。

――そう否定したいのに、胸を締めつけるようなこの感覚は何だ？

心臓など自分には存在しないのに。なぜ、この人間の言葉にこんなにも魂がざわめいてしまうのだ？

（……我が間違っていた？　い、いや……そんなわけない！）

不死王が自分の行いに疑問を持ったのは、これが初めてのことだった。

（人間は愚かだ！　生きている限り常に間違いを犯す！　裏切り、謀り、他人を蹴落とす！　だから不死の存在にしてしまえばきっと……！）

きっと――なんだ？　その先に、自分は何を求めていた？

そもそもなぜ、自分はアンデッドになったのだ？　なぜ全てをアンデッドに変え支配したいと考えたのだ？

命ある者が気にくわなかったから？

全てを支配したかったから？

いいや、違う。本当に求めていたのはきっと——、

「どこか行きたいところがあるの？」

『……』

自分が辿り着きたかった境地。見たかった風景。在りたかった姿。

本当に欲しかったものを自分は見失っていたのではないか？

（……我はただ心から信じられる仲間が……居場所が欲しかったのかもしれないな……）

あっさりと不死王は絆されてしまった。なんやかんや千年も封印されてぼっちを拗らせたうえ、最強の竜王であるアマネと出会ってしまったことは正しく劇薬だった。

不死王はゆっくりと彼女の言葉に頷いた。

「すごいね、そこまで頑張るなんて私にはできないよ」

『……？』

できない？　これほどの力を持った存在でも、まだできないことが、叶えられない望みがあるというのか？　不死王は己がひどくちっぽけな存在に思えてきた。

（あぁ、この御方だ……。この御方こそ我が主……求めていた存在に違いない）

不死王のおかしな思考がどんどん加速してゆく。

「私もさ、仕事いっぱい頑張ったんだ。でも全然ダメでさ。私がいくら頑張っても喧嘩も争い事も全然減らないし、もう嫌になっちゃったんだ。それで、しばらくここでのんびり暮らすことにしたの。だから気が向いたら、またいつでもここに来なよ。たくさん驚かされてあげるから」

『……かしこまりました。この身を賭して主様にお仕えいたします』

その瞬間、不死王に莫大な魔力が流れ込んできた。

意図せず行われたソレは眷属化。不死王はアマネの――竜王の眷属となったのだ。

もちろん、アマネは気づいていない。流れ込んだ魔力はアマネにしてみれば爪の甘皮ほどもなかったからだ。それに全然会話がかみ合ってないのに、会話がどんどん進んでゆく。不死王の勘違いもどんどん加速してゆく。

『おぉおお……なんと、なんと素晴らしい魔力。今ならば三日でこの国を死の楽園に変えることもできそうだ……！』

もちろん、主が望んでいないようなので、そんなことはしないが。

アマネは平和を望んでいる。ならばその実現のために働くことこそ、眷属となった不死王の存在意義だ。それはかつて不死王が求めた望みよりも遥かに困難な道かもしれない。それでも不死王はやる気に満ち溢れていた。

（とりあえず、我が主のために今の世界の情報を集めるとするか……。それに各地に封印されているであろう我が武器や宝具も回収せねば。そう、全ては我が主が望む平和のために！）

どのような形で平和を実現するにしても、まずは現状を把握しなければ意味がない。本音を言えばずっとアマネの傍で仕えていたいが、そんな甘えは眷属として許されない。しばしの別れだ。

「あ、そうだ。その鎌かして」

『……？』

「えーっと、ここをこうして――あとこれをこう、っと。はい、これ。餞別代わりにちょっとだけ性能良くしといたよ」

『おぉ……まさか魔力を分けていただけただけでなく、我が武器にもその寵愛を注いでいただけるとは……この不死王光栄の極み――ってええええええええええええっ!?』

感動に打ち震えようとして、不死王は仰天した。

受け取った不転の大鎌はありえないほどのパワーアップを遂げていたのだ。

アズサの世界にあるゲーム的に説明するならこんな感じである。


『竜王の大鎌』

ＨＰ	+9999
ＭＰ	+9999
攻撃力	+9999
防御力	+9999
速力	+9999

【特殊効果】

破壊不能、防御貫通、相手は死ぬ。

絶対死ぬ。どうあがいても死ぬ。

※ただし、竜王や眷属、所有者は攻撃を受けても死なない。相手に利用される心配はないよ♪

なんか不転の大鎌がとんでもない武器になっていた。というか、名前も変わっていた。

ゲームだったら「これ一本あれば他はゴミ」とか言われるレベルのぶっ壊れ性能だ。

(……いや、いや、いや、いや、いや、いや！　ちょ!?　え、なにこれ!?)

こんな武器この世にあっちゃいけない。神代の代物だ。紛れもない神器だ。不死王は別の意味で昇天しかけてしまった。

『は、ははは……本当にとんでもないお方に封印を解かれてしまったな。さて、それでは行くとしようか』

こうして不死王はアマネの眷属となり、この世に解き放たれた。それがどのような結果をもたらすかは、まだ誰もわからない。

ただ一つ言えることは、不死王による世界の危機は未然に防がれたということだ。

……そもそも、アマネが封印を解かなければ何も起きなかったが、それは言わないお約束である。

◆

骸骨の人形さんを見送った後、私は家屋のリフォームに勤しんでいた。

「……あぁ、楽しい」

体を動かし、ひたすら一つの作業に集中することのなんと心地よいことか。

イヤイヤ働いて体を動かすのとは違う爽快感。心が洗われていく気がする。

「よし、とりあえずこんなもんかな……」

なんとか家屋としてマシな見た目にはなっただろう。所々、継ぎ目が甘かったり、はみ出したりしてるのはご愛嬌(あいきょう)だ。

「そのうち畑とか作ってみたいな。あ、地下室とかもいいかも。アズサちゃんの知識にあったサウナってのも作ってみたいな」

これからの未来にワクワクしていると、外から声が聞こえた。

「な、なんだこれ……私たちの住処(すみか)が」

「みぃー……」

「ん？」

出ると、みすぼらしい姿の少女と痩せ細った子猫がこちらを見ていた。

少女のこめかみからはヤギのような曲がった角が片方だけ生えている。

「だ、誰だお前！　私たちの住処で何をしてるんだ！」

「みぃー！」

「え、ここ住んでたの？」

たしかにボロボロだけど、誰かが住んでる形跡はあった……。私はてっきりテーマパークの名残かと思ってた。おいおい、お偉いさんよ。ちゃんと下調べしてよ。

これじゃ、私が人の家を勝手に改造しちゃってる不審者になっちゃうじゃんか。

「えーっと、その……ごめんね、勝手にお邪魔しちゃって」

「は、はやく出ていけ！　人間は私たちから住処まで奪うのか！」

「みぃ……！」

「？」

何か事情があるのかな？　そういえば姿形は人のそれだが、感じる魔力が違う。

……確かめてみるか。

（創造魔法――魔力水晶）

創造魔法。その名の通り、私が一度見たもの、触れたものを自由に再現する魔法。

今、再現したのは私やアズサちゃんの魔力を測定した魔力水晶だ。

これを目の前の少女へ向ける。

――水晶に丸型と星型の二つの紋章が浮かび上がった。

星の紋章はたしか魔族だったっけ？　丸は人間……なんで二つも？

今度は子猫の方へ水晶を向けると、三角の紋章が浮かび上がる。

たしか三角は動物や魔物だよね？　でもなんか感じる魔力に違和感がある。なんかワケありっぽいな、この子たち。

「な、なんだその水晶は！　それで私たちを殺すつもりか！」

「みゃぁー！」

「いやいや、殺すつもりなんてないってば」

私は他の竜と違って癇癪で同族を殺したり、大陸を消したりしない。

そのつもりならとっくに殺してるって。

せいぜい、山を一つか二つ吹き飛ばすくらいの温厚でクールな竜だよ。

「私は勇者として召喚されたけど、今は勇者じゃないからね。魔族と戦うつもりはないよ。私の休暇を邪魔するなら別だけど」

「ゆうしゃ……？　ゆうしゃってなんだ？」

「人間のために魔族と戦い、魔王を滅ぼす者って意味らしいよ。武器や兵器みたいなものかな」

「……！」

私がそう説明すると、目の前の少女はブルブルと震えだした。

「う、うあぁぁあああ！　どっかいけ人間ー！」

「あ、ちょ!?　石投げちゃ駄目だってば。痛っ——くはないけど、目に当たる!?　やめなさいって」

そもそも私は人間じゃないし。

あーもう、どうすればいいのかな？

（アズサちゃんの知識によれば……子供は食べ物で釣るべし、だっけ？）

アズサちゃんの世界では、子供は飴（あめ）というお菓子をあげると機嫌（きげん）が良くなり、あげた人物についてくるらしい。

ならばその飴とやらを再現して——あ、無理だ。

私の創造魔法（ツクール）は記憶じゃなく実物を見ないと再現できない。

……私のいた世界の食べ物でも大丈夫だろうか？

（創造魔法（ツクール）——赤い果実）

私は創造魔法（ツクール）で竜界の果実を再現した。

見た目はアズサちゃんの世界のイチジクに近い果物だ。

甘くてジューシー。あとほんのちょっぴり魔力を回復、強化してくれる。

「これあげるから大人しくして」

「……なんだこれ？」

「果物だよ。ほら、毒なんて入ってない。美味しいよ？」

自分の口に入れて毒がないことをアピール。

「……くれるのか？　なんで？」

「えーっと、仲良くなりたいから？」

「……おまえ、へん。普通の人は私たちと仲良くなりたいなんて思わない」

「私は『普通』じゃないからね。ほら、美味しいよ」

「……」

少女はおずおずと果物を口に入れた。

「――――！」

こうかはばつぐんだ！

少女は夢中で果物を頬張っている。

「ミィ！　これ食べろ！　すごく美味しいぞ！」

「みぃ？　……！」

子猫も一口食べると目を輝かせた。名前はミィちゃんっていうらしい。

「まだまだあるからいっぱい食べていいよ」

私は創造魔法で赤い果実を大量に創り出す。

少女と子猫はガツガツ食べる。私はそれをじっと見つめる。

（うーむ、なるほど。これはたしかに――可愛い）

小さい子がリスのように口いっぱいに頬張る姿は心にくるものがある。

ほっこりするとはこういう感情か。

触りたいな。頭とか撫でてみてもいいのかな？

手を伸ばそうとしたら、少女が急に食べるのをやめた。

くっ、駄目か。触っちゃ駄目なのか？

「うぅ……あぅ……」

「ん？」

「うわぁあああああああん！　わあああああああああああん！」

あれー!?　泣きだしたんですけど？

(おいおい、アズサちゃんよぉ、話が違うじゃねーか……)

少女はしばらく泣き続け、やがてようやく大人しくなった。

「えーっと、大丈夫？」

「……うん」

少女はポツポツと事情を話してくれた。

彼女の名はポアルというらしい。

ポアルは人間と魔族のハーフで、故郷で迫害されてここまでやってきたそうだ。

「それで感じる魔力がなんか変だったのか……魔力水晶の紋章も二つ出てたし……」

この世界では、魔族と人間のハーフはどこでも忌み嫌われる存在みたいで、生まれてからずっと魔族の世界にも、人間の世界にも、彼女の居場所はなかった。

元々は両親と三人でひっそりと暮らしていたらしいが、戦争によって彼女は両親を失ったらしい。

それからは地獄のような日々だった。

ハーフだとバレると迫害され、石を投げられ、殺されそうになる日々が続いた。

必死に生き延び、最後に行きついたのがここだったという。

「ここも人間しかいないけど、よく無事だったね？」

「……私、角短いから。ほら」

少女は髪をかき上げると、小さな角を見せてくる。

「……あれ？　折れてる？」

「片方は生まれつき折れてたけど……もう片方はいじめられて折られた。ハーフのお前にはお似合いだって……。魔族は角がないとろくに魔法も使えないのに……」

「酷いことするねぇ……」

「私の味方、ミィしかいなかった……」

「みぃー」

ミィと呼ばれた子猫は、ポアルに撫でられると気持ちよさそうに鳴く。旅の途中で拾ったらしい。

出会った時はひどく衰弱していたらしく、ポアルが懸命に看病して一命を取り留めたとのこと。

「優しくしてくれてありがとう」

「みぃ」

「別にいいよ。それじゃあ、私はここから出ていくね。ごめんね」

「え……？」

私が立ち上がると、ポアルはすごく寂しそうな表情を浮かべた。

「だってここ、君たちの住処なんでしょ？　私がいたら迷惑になるんじゃない？」

「そ、そんなことないっ。いてもいい……。い、一緒にいてほしい……！」

え、住んでいいの？　やったー！

「ありがとう！　それじゃあこれからよろしくね」

「ん」

「みぃ」

私の差し出した手をポアルは握りしめる。

ついでにミィちゃんも手をのせる。可愛い。

「あ、そうだ。ポアル、もう一回頭見せて」

「……？」

私はポアルの頭に魔力を込める。ポアルの体が光り輝いた。

「ほい、治ったよ」

「……？」

ポアルは自分の頭を確認する。

そしてソレに気づいて目を丸くした。

「角……角がある！」

「うん。可哀そうだと思って。もともと折れてた方は無理だったけど、おせっかいだったかな？」

「そんなことない！　嬉しい！　ありがとう！　ありがとう……えっと」

あ、そういえばまだ名前を名乗ってなかった。

「アマネだよ。私の名前。これからよろしくね、ポアル」

「わかった！　あまね！　私、あまねのこと、好き！　すごく好き！　ありがとう！」

「みぃー♪」

その瞬間、私とポアル、ミィちゃんの間に回路が繋がった感覚があった。

「うわ、何だこの感覚……？　力が溢れてくる……」

「みぃぃ……！」

ポアルとミィちゃんの体が溢れんばかりの魔力で輝いている。

「あれ？　ひょっとして私の魔力が流れ込んでるの？　二人とも私の眷属になっちゃった？」

これは予想外だった。まさかこっちの世界で眷属をつくることになるなんて。おそらくポアルの傷を治した時に流した魔力によって回路が繋がったのだろう。

「けんぞくってなに……？」

「眷属ってのは、私と魔力で繋がった臣下のことだよ。えーっとポアルでもわかるように言い換えると、『家族』みたいなものかな。私が親で、ポアルやミィちゃんが子になるって感じ」

「家族？　あまね、私の家族になってくれるの？」

「うん」

私が頷くと、ポアルは花が咲いたような笑みを浮かべた。

「なるっ！　私、あまねのけんぞくになるっ！」

「みぃー♪」

「あはは、ありがと」

ポアルとミィちゃんは私に抱きついてくる。可愛い。すごく可愛い。

しかし傷を治しただけとはいえ、あんな少量の魔力で眷属化が起きてしまうとは完全に予想外だった。

なにせ眷属化は、主の魔力によって眷属となった者の力を爆発的に高めることができる。反面、主となる者に魔力がなければ、眷属に魔力を吸い取られて死んでしまう諸刃の剣だ。

私の魔力は、ただでさえこの世界では危険物扱いなのだから、それを現地の生物にみだりに与えるのはよくないことだろう。

私はあくまで休暇のため、この世界に来ているのだから。

「……まあ、ポアルとミィちゃんくらいなら問題ないか」

見た感じ、ポアルもミィちゃんもそこまで強くなってる感じはない。せいぜい、竜界で最下級の竜くらいってところだ。これが元々強い力を持っていた存在だったら、上級竜くらいの力を手に入れてたかもしれないけど……。

なので問題なし。

なにはともあれ、こうして私は自分の住処と、一緒に住む仲間を手に入れたのだった。

こういう場合、アズサちゃんの世界で「幼女とモフモフゲットだぜ」って言うんだっけ？

「あ、ひょっとしてピザーノさんは、最初からポアルやミィちゃんと引き合わせるためにこの家を私にくれたのかな？　考えてみれば人が住んでる家を勝手に与えるわけがないもん。私が一人で暮らすのが寂しくないように気を利かせてくれたのかも」

だとすれば、ピザーノさんはやはりすごく良い人だ。

「ありがとうございます、ピザーノさん。住む場所と素敵な同居人をプレゼントしてくれて……」

ピザーノさんありがとう。

ピザーノさんにも何かいいことがありますように……。

◆

王城の自室にてピザーノ大臣はほくそ笑んでいた。

「ぬっふっふ、上手(うま)くいきましたねぇ……。勇者の一人が魔力無しと判明した時は焦りましたが、これはこれで好都合……」

彼が太い指を鳴らすと、物陰から黒ずくめのいかにも怪しい男が現れる。ピザーノの部下だ。

「お呼びでしょうか？」

「奴隷商に連絡を入れなさい。珍しい品が入ったとね……ぬっふっふ」

「御意に」

男が姿を消すと、彼はワインをグラスに注ぎ喉(のど)を潤す。

「魔力がないとはいえ、異世界から召喚された勇者。上手くいけば大金貨一〇〇枚……いや、一五〇枚はいける……。笑いが止まりませんねぇ。ぬっふっふ」

ピザーノ・デブハット大臣。

太った豚のような醜い外見をしたこの男は、その内面も見事なまでに腐り果てていた。

ハリボッテ王国の大臣でありながら、裏では奴隷商、暗殺ギルドとも繋がりがある生粋の悪党だ。人を攫って(さら)は奴隷商に売り飛ばし、政敵がいれば暗殺者を雇って事故に見せかけて殺す。そうやって今の地位までのし上がってきた。金と権力。それこそが彼にとっての全て。

「アズサ様も今は気にしているご様子だが、いずれ戦地に赴けば気にかける余裕もなくなるでしょう。タイミングを見て、旅に出たとでも言えば納得するはず……。そして勇者の武功は当然、パトリシア姫とその側近である私の手柄に……」

ピザーノは今の地位に甘んじるつもりはない。いずれは王家に取り入り、やがてはこの国を表からも裏からも支配する真の王となるのだ。

「ぬっふっふ、笑いが止まりませんね。ぬーっふっふっふ」

『なるほど、千年経ってもこういうゴミはどこにでも湧くのだな』

自分しかいないはずの部屋に、別の誰かの声が響いた。

「……え?」

ピザーノは声のしたほうへ振り向く。

そこにはどす黒いオーラを纏った(まと)死神がいた。

「……は?」

一瞬、ピザーノは幻覚でも見たのかと思った。

「不死、王……? え? いや、そんなはずは……?」

『ほぅ……ゴミの分際で我を知っているか。腐っても一国の重鎮というわけか……』

「ッ……ひ、ひぎゃあああああああああああああああああ」

その瞬間、ピザーノは即座に逃走を図った。

彼は今でこそどうしようもない悪党だが、決して馬鹿ではない。自国の歴史や名の知れたモンスターは全て把握しており、魔法も魔力感知も並の魔法使い以上に使いこなせると自負している。

その知識、その感じる魔力から、目の前の存在が幻覚でもなんでもない本物の不死王であると理解してしまったのだ。

「ひっ、ひっ、ひっ……っ」

彼は慌てふためいて扉を開けようとするが、全く開かない。

『無駄だ。扉も窓も、天井や床の抜け穴も決して開くことはない』

開く気配がないとわかると、ピザーノは今度は何度もドアを叩き、大声を上げる。

「おぃいいいいい！　誰かいないのか!?　緊急事態だ！　誰か！　誰でもよい！　私を助けに来いいいいっ！」

しかしどれだけ叫んでも、外からは何の反応もない。喉が枯れ、手が切れて血がこびりつくほどに叩いてもドアは壊れることもなく、そして外から誰かがやってくる気配もない。

『無駄だ。諦めるがいい』

「た、助けてくれぇ！　金なら！　金ならいくらでも払う！　それとも魂か？　生贄ならいくらでも用意しよう！　だから、な？　頼む、助けてくれえええええ！」

『……どこまでも見下げたゴミめ……。貴様のようなゴミが主と同じ世界にいると思うだけで虫唾が走る』

　不死王は大鎌を構える。

『用事のついでだ。主に害をなすゴミを我が排除する』

「ひぃいいいいいいいいいいいいいいいいいいいいいっ」

　振り下ろされた大鎌がピザーノの首を刈り取ろうとして――寸前で止まった。

「……はへぇ？」

　心臓が止まるかと思った。

　なぜ殺されなかったのか？

　ピザーノはずるずるとその場にへたり込んだ。あまりの恐怖に涙やら鼻水やら下の水やらが全て溢れ出す。もはや尊厳もクソもなかった。

　一方で、鎌を止めた不死王は真剣な表情で考え込む。……骸骨なので表情はないのだが。

『……いや、違うな。これでは千年前と同じだ。ただ悪を滅ぼすだけでは意味がない。新たな悪が生まれるだけだ。我が主の望みは平和と安寧……それを実現するためには……』

「……？」

　不死王が何を言っているのかピザーノは理解できなかった。

『……記憶読取魔法(ヨミコーム)』

　不死王はピザーノの額に手を当て、彼の記憶を見る。

『なるほど……貴様、それでも若い頃は国を良くしようと奮闘する文官であったか。同僚の裏切り、運営していた養護院の悲劇、妻の不貞、上層部の腐敗……それらを目にしていくうち、己もそれに染まったか。……気持ちはわからんでもない。その方が楽だからな……』

「な、なにを……言って……？」

『ちょうどいい、貴様で実験しよう。悪に染まった男がもう一度善人に変わることができるのかを――悪心吸収魔法』

「かはっ……？」

ズズズズとピザーノの体からどす黒いオーラが放出される。やがて不死王の手に収まったそれはピザーノの悪の心だ。

「こ、これは……わ、私は今まで何を……っ」

ピザーノはこれまでの悪行を思い出し身震いした。自分はなんと悍ましい行為に手を染めていたのだろう。罪悪感が溢れ出したかのように、涙やら鼻水やら下の水やらが再び大洪水である。

さすがに今度は不死王もちょっとドン引きした。

『……貴様の悪しき心を消し去り、初心を思い出させてやった。もう一度、やり直してみるがいい。それでも堕落するようであれば、今度は容赦なく殺す』

「かしこまりました。このピザーノ、今度こそ初心を貫いてみせましょう」

ピザーノは全身全霊で頭を下げる。そこには今までの欲望に染まった醜い豚ではなく、文字通りつきものが落ちたような清々しい表情の豚がいた。

『さて、それではアレを回収するとするか。さらばだ――……』

不死王が去った後、ピザーノは即座に行動を起こした。

やがてピザーノはパトリシア姫の真の側近として国を更生するために奮闘するのだが、それはまた別のお話。

◆

というわけで、ポアルとミィちゃんと一緒に住むことになった。

わーい、パチパチパチ～♪

最初は一人でもいいかなと思ったけど、同居人がいるのもそれはそれでいいものだね。

それに私は、この世界に来て、小さくて可愛いものが好きになった。

これはいい。これはいいものだ。

「ん～、可愛い。ねえ、ポアル。ぎゅーってしていい？」

「いいよ、あまねの好きにして」

「かはっ……！」

な、なんだ今の一言。

心が……四つある私の心臓が——あ、今は人の姿だから一つか。

ともかく私の心臓がかつてないほどに高鳴っている——これが、恋？　（※違います）

……そういえばアズサちゃんのいた世界だと、こういうふうにちっちゃくて可愛い少女を愛でる奴のことを【ロリコン】っていうんだっけ？

蔑称や差別用語らしいが、そもそも小さい生物は本能的に自分より強い者に庇護を求めるものだ。

そして強き者はそれに応えて守り愛でる義務がある。

つまり両者Ｗｉｎ‐Ｗｉｎの関係。

いいじゃないか、ロリコンで。こういうのでいいんだよ、こういうので。

「みぃ〜みぃ〜」

すると自分のことも構えと鳴くにゃんこ。

可愛い。可愛い。可愛いです。ありがとうございます。

「おー、よしよし。ここかー？　ここがいいんですかー？」

「ふみゃぅ〜♪　みぃ……」

うーん、お腹出してこちらに身を預けてくる子猫。可愛すぎる。竜界ですさんだ心がどんどん癒されてゆく。やはり子猫……子猫は全てを解決する。子猫との和解は必須。

（……いちおう、竜界にも愛玩動物はいたけど）

竜界の愛玩動物。名をボルボラという。

岩石獣に属する四足歩行の動く岩だ。大きさは一般的な山と同じくらいで、くしゃみをするとマグマを吐き出す。

そして四匹以上が一緒にいると爆発するという奇妙な特性がある。

『ベボグボロォォオオオオオオオ♪　バブリブレブログアァァァ♪』

その超独特の鳴き声は大地を破壊し、マグマが溢れ出す。

一時期、竜界ではなぜか空前のボルボラペットブームが起き、挙句の果てに戦争にまで発展した。

もう一度言うが、ボルボラは四匹以上揃うと爆発する。

そして竜は数をきちんと数えられる者が少ない。四以上を数えられる者はあんまりいない。

当時、竜王だった私の父もハマり、二十四近くのボルボラを家に連れてきた。

大爆発が起きた。

他の竜の住処でもボルボラの多頭飼いによる連鎖爆発が多発した。

そして『これは敵対竜族によるテロ行為だ！』とお互いがお互いに馬鹿な主張をし合って戦争になったのだ。

馬鹿なのか？　馬鹿だよね。割と真面目に竜族は一回滅んだほうがいいと思う。

というか、まずは数をきちんと数えられるようになるところから始めなきゃいけない。私が教えようとしても腐蝕竜（ふしょくりゅう）のディーちゃんと部下の竜くらいしか真面目に数えようとしなかった。

（そもそもボルボラって可愛くないんだよ！）

レアな鉱石を見つけては勝手に食べるし、洞窟を広げてダンジョンにしようとするし、いい迷惑だった。

鳴き声だって、あれただの騒音だし！

「その点、ミィちゃんは可愛い！　すっごくモフモフ！　私、ミィちゃんに出会えただけでも、この世界に来た価値があると思える！」

「みぃ～？」

決めた。

私、竜界に帰る時が来ても絶対にミィちゃんだけは連れて帰る。

ていうか、猫を二千匹くらい連れて帰る。

向こうで猫の楽園を造るんだ。邪魔するやつは全員滅ぼす。転生もさせない。不転、大殺、真っ黒になるまですり潰す。

「ディーちゃん辺りも喜んでくれるかなー。あの子も可愛いものが大好きだからね～。ほ～らうりうり～」

「ふみゃぁ～……みぅぅ」

アマネの撫でに、ミィはうっとりと気持ちよさそうに喉を鳴らす。

「むぅ……」

するとポアルがむすっとする。おやおや焼きもちですか？　可愛いですね。

「おいで」

「……えへへ」

手招きして頭を撫でると、ポアルは嬉しそうに笑みを浮かべた。

うーん、可愛い。ポアルも連れて帰りたいなー。

「はぁ～～～すげぇな、人間界。可愛いものが溢れてんじゃんよ……」

休暇最高！　休暇最高！　お前も休暇最高って言いなさい。

「……あまねは不思議だ。他の人間と全然においが違う」

そう言ってポアルは顔を私の胸にごしごしこすりつけてくる。

「あはは、たしかに私は人間じゃないからね」

「？　ひょっとしてあまねって魔族？」

「違うよ。信じてもらえないかもしれないけど、私は【竜】って生き物なんだ」

「りゅう……？　あまねはりゅうなの？」

「うん、そうだよ。ほらこれ、角」

するとポアルは目を輝かせた。

「あまねってやっぱりすごい！　カッコいい！　好き！」

「お、信じてくれるの？」

王宮じゃ誰も信じてくれなかったのに、ポアルは信じてくれるのか。

「よし。せっかくだし、ポアルには私の本当の姿も見せてあげるよ」

「本当の姿ってりゅうの姿？　見たい！　あまねの本当の姿見たい！」

「オッケー。んじゃ、ちょっと外に出ようか」

気分を良くした私はポアルに元の姿を見せてあげることにした。

外に出ると、私は全裸になって意識を集中する。

「ふぅー……」

力を極限まで制限したこの体なら魔法は使えた。

ならば元の姿に戻れるのかも、試しておいて損はない。それに万が一ヤバい時は、竜眼が事前に未来を教えてくれる。

「――まずは世界を改竄（かいざん）する」

魔力をちょっと解放しただけでこの世界は崩壊してしまう。

なので、まずこの世界に私という存在を認識できないように改竄する。

認識ができなければ、観測はできない。

観測ができなければ、存在しない。

存在しなければ、世界は重みを感じず崩壊しない。

簡単な理屈だ。

その理屈をこの世界に適用させるだけ。しかし反動は起きる。

反動は……竜界に押しつければいいか。どうせ大陸の一つや二つが消し飛ぶ程度だ。竜界にとってはその程度、日常茶飯事（にちじょうさはんじ）なので何も問題ない。完璧な理屈だ。

「わっ、あまねが光った」

「みぃー」

まばゆい光が私の全身を包み込む。呼応するように周囲にも光が満ち、そして世界へ溶け込んでゆく。

いい感じだ。これは変身魔法が解ける予兆。魔法に使っていた魔力の余波が光になって溢れ出ているのだ。

「よし、改竄完了。元に戻れ――――ッ！」

意識を集中させると、ゆっくりと光が収まり私の姿が変わる。

かつて竜界で知らぬ者はいないとされた竜の姿へと。

『おー、戻れた♪　わーい、やったー♪』

「つ……すごい。あまねすごい！」

「みぃ〜……」

姿形、魔力の質、全てがかつての私と同じだ。

竜眼も発動していない。

どうやら世界は無事──ッ！

その瞬間、私は未来を視た。全てが崩壊する未来を。

（……やはり改竄だけじゃ無理かー）

私はすぐに人の姿に戻った。

もって一秒。極限まで力を制限した状態での竜化はそれが限界だった。

「やっぱ人の姿に戻っても角はそのままか……」

人化を済ませると、体を確認。姿は以前と同じようだ。

どうやら人の姿は、最初のままで固定されるらしい。

「あまね、服」

「みぃ」

「ありがと」

やっぱり事前に服を脱いでおいてよかった。着たままだと、元の姿に戻った時に破れちゃうからね。でも変身の度にいちいち着替えるのは面倒だなぁ……。

（着たままでも変化できるように魔法を調整しておくか）

服なんて面倒なだけだけど、そこは我慢しなきゃ。

アズサちゃんふうに言えば、郷に入れば郷に従え、だっけ？

ま、戻れるかどうかを確認したかっただけだし、特段何もない限りは元の姿に戻る気はないからいらない調整かもしれないけど。

「……ん？」

ふと、誰かの視線を感じた。

「ば、ばばば馬鹿な、なんやあのアホみたいな魔力は……！　ありえへんやろ……ッ」

そちらの方を向けば、少し離れたところからフードを被った女性が茂みの陰からこちらを見ていた。距離にしておよそ一〇〇〇mくらい。今の私でも一瞬で移動できる距離だ。

長さや距離は竜族の単位よりもアズサちゃんの世界の単位の方がわかりやすくていい。

それにしても感じる魔力がポアルに似てる。

……ひょっとして魔族かな？

「あまね、どうした？」

「何でもないよ。……ポアル、ミィちゃんと一緒に先に家に入っててくれる？」

「？　わかった」

「みぃ」

ポアルとミィを家に戻らせ、念のため結界も張っておく。これで彼女たちは安心だろう。

「さて、と……」

とん、と一歩。

「ここで何をしている？」

「ッ――!?　な、なんで!?　さっきまであそこに……いや、それよりもなんでウチが見えて……？」

あんなバレバレな視線を送っておいて何を驚いているんだか。

「くっ――転移まほ――」

「閉門」

私が指を鳴らすと、目の前の人物の魔法はキャンセルされた。

転移魔法で逃げようとしても無駄だよ。

「嘘……なんでや!? なんで魔法が発動せえへんのや!?」

竜の眼は未来を視るだけじゃなく、魔力の流れも視ることができる。

視ることができれば解析もできる。解析もできれば介入も阻害も自由自在。単純な理屈だ。

「転移魔法ね。そういう魔法は私たちにはなかった。面白い魔法だね」

だって普通に飛んだほうが速いし。人間は飛べないし速く走れないからこそ、こういった魔法が発達したのだろう。考え方や体のつくりで思考も技術も異なってくる。やっぱり種族間の違いって面白いね。

「ば、化け物かいな……！」

「化け物か。まあ、間違ってないかな。それで。質問に答えてくれる？ ここで何をしていたの？」

「……」

「もー、ちゃんと喋ってよ。ほら、威圧魔法」

「ッ……！ あ、ぁぁ、あ……すいませんでしたあああああああ！」

目の前の人物は先ほどまでの態度を一変させてフードを取り、地面に額を擦りつける。

赤い髪の側頭部から生えた角。やっぱり魔族か。

「ウ、ウチは魔王軍密偵のアイと申します！ こ、ここの国に潜入し、人間たちの動向を調査しておりました。すんません、すんません！ ホンマにすんませんでした！ どうか殺さんでください！お願いします！」

アイと名乗った魔族の女性は丁寧に事情を説明してくれた。

彼女の目的は二つ。

一つ目は、この国が自分たちに対抗する戦力として異世界から勇者を召喚するという情報を掴んだので、その真偽を確かめること。

二つ目は、この地に眠るとされる不死王の所在を確かめること。

「へぇ、魔族ってなかなか優秀なんだね。不死王ってのは？」

「千年前に存在した史上最強と謳われたアンデッドです！　この王都周辺にその封印された場所がある可能性が高く調査してました」

「調査してどうするの？」

「可能であれば封印を解き、支配下に置けと仰せつかっております。この神話級の古代魔道具【支配のブローチ】を使えば不死王であろうと従えられると」

アイは懐から宝石をあしらったブローチを取り出す。

「ふーん……」

竜眼、解析。

「あー、その魔道具、たぶんまともに使えないよ。性能がいまいちだもん」

「えっ……？」

「ほら、ここわかる？　経年劣化で魔力回路に綻びができてるんだよ。これじゃあ効果が十二分に発揮されない」

「え、そ、そうなんですか……？」

「そうだよー。あと、こんな出力じゃ子供のボルボラだって言うこと聞いてくれないよ」

「ボル、ボラ……？　なんやそれ……？」

「ええい、ちょっと貸してっ。直したげるからっ」

「え、あっ……」

えーっと、ここをこうして……。　あとここもか。元々の基盤が古いうえに旧式だなー。あの転移魔法陣みたいだ。人間界の魔法技術ってどうしてこうも古臭いんだろ？　これならあの骸骨人形が持ってた鎌の方がまだマシだよ。

「はい、できた。これで少しはまともになったと思うから」

「ッ!?　そんな……。神話級の魔道具を改良するなんて……。こんなこと、魔王様にだって不可能なのに……」

アイは何やらブツブツ呟いている。

まあ、性能に納得がいってないのだろう。

私だってもう少し素材がまともならもっとちゃんと改良できたさ。それで勘弁してよ。

「あとさー、アンデッド――不死王、だっけ？　それたぶんガセだよ。この辺にそんなすごいアンデッドなんていないないし」

「え、わかるんですか……？」

「うん。間違いないよ」

お化け屋敷の付喪神っぽいのはいたけど、大した力じゃなかったし。

さすがにアレが世界最強のアンデッドってのは、ありえないでしょ。周りには他に目立った魔力の波長や封印魔法の形跡もないし。

まあ、私が知らない魔法がある可能性も否定できないけど。

「ま、とりあえず君がポアルを追ってきたんじゃないなら、どうでもいいや」

私は別に魔族と人間の戦争なんて興味ないし。

「そうですか……あ、あのぉ、お名前を教えていただいてもよろしいですか？」

アイは魔道具を懐にしまうと、真剣な表情で私の方を見た。

「あ、そういえば名乗ってなかったね。私、アマネっていうの。よろしくね」

「こちらこそ。えっと……アマネ様とお呼びしても？」

「いいよ。てか、様もつけなくてもいいけど」

「いえ、そんな恐れ多いです。アマネ様、ウチと共に魔族領に来ていただけませんか？　もちろん、お連れの方々も一緒に。アマネ様は……その、人間ではないのでしょう？　貴女（あなた）のいるべき場所は、ここではないはずです」

その言葉に私は一瞬、胸が痛んだ。

確かにその通りだ。私は人間じゃない、竜だ。そもそもこの世界の存在ですらない。

「……魔族の密偵ってすごいね。そんなことまでわかっちゃうんだ……」

そんな私がここにいるのは、現地の者からすればさぞかし奇怪に見えるだろうね。

「でも残念だけど、私はこの地を離れることはできないんだよ。……まだやるべきことがあるからね」

そう、休暇だ！　遊んで、遊んで、遊びまくる。そのために私はここにいるのだから。

「ッ……そうですか。わかりました」

私の言葉を聞いて、アイは一瞬、ひどく悲しそうな表情を浮かべた。

やめてくれ、そんな目で見ないでくれ。労働は尊いとでも言うつもりか。

嫌だよ。私は絶対に働かない。少なくともあと三百年は。

「……了解しました。いずれ必ずお迎えに上がります。その時までなんとかお待ちください」

「……そうだね、その時までは」

ああ、わかっている。

いずれ必ず、他の竜が私のことを嗅ぎつけ、この世界に迎えに来るだろう。

その時は観念して竜界に戻るかもしれないけど、それまで私はこの世界を遊び尽くすつもりだ。

あとミィちゃんとポアルだけは連れて帰る。

「……それでは」

私の固い決意を感じ取ったのだろう。アイは一礼して姿を消した。

「……働きたくないなぁ……」

楽して生きたい。そう願うのは間違っているのだろうか。

私はポアルたちの元へ戻った。

◆

——化け物がいる。

魔王軍密偵筆頭アイ・フシアナスが最初にアマネに感じた印象はそれだった。

勇者についての情報収集と、不死王の封印場所の特定。

その二つの重要任務をこなす傍ら、彼女は偶然にもその魔力の気配を感じ取ってしまった。

（なんや……この魔力の波は……？）

奇妙な魔力だった。

彼女は魔王軍でも卓越した魔力操作と魔力感知の持ち主だったが故に、常人であれば気づかないほどの微細な魔力の違和感に気づいてしまった。

竜王の魔法行使による世界崩壊を防ぐための界位改変措置によって生じた魔力の余波。それを、彼女は感じ取ってしまったのだ。

もう一つ、その魔力を感じた場所が、ちょうど不死王の封印場所と目される場所であったことも彼女の不幸であった。

（――任務のついでやし、確認しといたほうがええやろな）

そう、あくまでもついで。

軽い気持ちで向かった彼女の目に映ったのは、常識を超えた存在（バケモノ）だった。

（…………………………なんやあれ、ラスボス？）

あまりの衝撃に脳がフリーズした。

見た目だけなら見目麗（みめうるわ）しい少女だが、内包する魔力は文字通りの化け物だ。

あと一瞬だけ、何かとんでもなく恐ろしい存在になったような気がするが、さすがにそれは見間違いだろう。

「――ここで何をしている？」

化け物はあっさりとこちらの存在に気づいた。

魔王軍最新鋭の隠蔽のローブを装備しているのに、彼女はあっさりと気づいたのだ。

逃走手段として用意していた転移魔法すら、あっさりと無効化された。

「転移魔法ね。そういう魔法は私たちにはなかった。面白い魔法だね」

「ば、化け物かいな……！」

「化け物か。まあ、間違ってないかな。それで。質問に答えてくれる？　ここで何をしていたの？」

「……」

「もー、ちゃんと喋ってよ。ほら、威圧魔法」

「――」

その瞬間、アイは死を覚悟した。

全ての希望をへし折るほどの圧倒的な死の気配。それが目の前の存在から放たれた。

息ができなかった。心臓が止まるかと思った。いや、死にたいとすら思ってしまった。

それだけの圧を感じたのだ。

「ッ……！　あ、ぁあ、あ……すいませんでしたあああああ！」

アイは土下座した。一瞬で心が折れた。無理だ。これは耐えられない。

「ウ、ウチは魔王軍密偵のアイと申します！　こ、ここの国に潜入し、人間たちの動向を調査しておりました。すんません、すんません！　ホンマにすんませんでした！　どうか殺さんでくださ い！　お願いします！」

恥も外聞もなくアイは必死に命乞いをした。ペラペラと己がここにいる理由も全て話した。

(機密も恥も外聞も知るかいな！　でも絶対に死んだらあかん！　ウチが死んだらこの化け物の存在を魔王軍に伝えることができんくなる！)

どんな苦痛や拷問を受けても構わない。なんとしてでも、この場をやり過ごす。

——生きて、この化け物の存在を魔王様に伝えなければ。

アイの中には魔王軍密偵としての使命感が働いていた。

威圧が収まると、ようやくアイは息ができた。

ここを乗り切るために、かつてないほど脳を活性化させる。

(……【支配のブローチ】を使うのはどうやろか？)

支配のブローチ。

今回の任務にあたって支給された神話級魔道具だ。

これを使えば、たとえどのような存在であっても支配下に置くことができる。

だがこれは発動した後、対象に触れさせなければ意味がない。

(——どのみち死ぬ可能性の方が高い。やったるで！)

アイは懐から支配のブローチを取り出した。

——既に発動させた状態で。

本来であれば不死王に使う予定だったが致し方ない。

「——可能であれば封印を解き、支配下に置けと仰せつかっております。この神話級の古代魔道具【支配のブローチ】を使えば不死王であろうと従えられると」

「ふーん……」

目の前の化け物にささげるような形で支配のブローチを見せつける。

一瞬、彼女の眼が奇妙な輝きを放った気がした。

「あー、その魔道具、たぶんまともに使えないよ。性能がいまいちだもん」

「えっ……？」

「ほら、ここわかる？　経年劣化で魔力回路に綻びができてるんだよ。これじゃあ効果が十二分に発揮されない」

「え、そ、そうなんですか……？」

「そうだよー。あと、こんな出力じゃ子供のボルボラだって言うこと聞いてくれないよ」

「ボル、ボラ……？」

「ちょっと貸して」

「え、あっ……」

触れた！　勝った！　賭けに勝った！　アイは内心、ガッツポーズを決めた。

（やった！　やったー！　さあ、【支配のブローチ】よ！　発動せよ！）

しかし支配のブローチは発動しなかった。

（え……あれ？　なんで？）

アイが首をかしげていると、アマネはブローチを返してくる。

「はい、できた。これですこしはまともになったと思うから」

それを受け取った瞬間、アイは目を見開いた。

（――なんやこれ？　よくわからんくらいにすごいことになっとる!?）

詳しい効果は解析してみないとわからないが、なんかとんでもない改良が施されていることだけはわかった。

「ッ!?　そんな……。神話級の魔道具を改良するなんて……。こんなこと、魔王様にだって不可能なのに……」

いったいこの女性は何者なのだろうか？

一瞬、アイは人間たちが召喚した勇者かと考えたが、それは違うと推測した。

というのも、アイは既に王城へ忍び込み、勇者の調査を終えていたからだ。

勇者の名はアズサ・サギノミヤ。平和ボケした世界で過ごしてきた人間の顔だった。

あれならばいくらでも手の打ちようがあると考え、その場で殺すことはせず王城を後にした。

（間違いない。この人は魔族。ウチらの同族や……。それもかなり高位の存在……）

それに落ち着いた今なら、冷静に目の前の少女の現状を見ることができる。

感じる魔力は人ではなく、魔族のソレに近い。だがいまいち確信を持てないのは、目の前の少女を覆うおびただしいほどの拘束魔法の数々だった。

（呪詛、滅魂に封印、魔力制限とありとあらゆる弱体化魔法のオンパレードやないか……。こんなん生きとるだけでも奇跡やで……）

あれほどの拘束魔法を重ねがけされれば、魔王ですらすぐ死に至るだろう。

感じ取っただけでも吐き気がこみ上げるほどのおぞましさだった。元々の魔力量が凄まじいからこそ、なんとか耐えることができているのだろう。

（彼女の力を抑えるために人間どもが施したんやろな……許せへん）

アイは内心、怒りに震えた。人間どもはこの少女の肉体、魔力、全てを極限まで封じ込めて無理やり従わせているのだろう。こんなあばら家に住んでいるのがそのいい証拠だ。奴隷のような扱いを受けているに違いない。

（なるほど……【支配のブローチ】が働かんわけや。既にこれだけの拘束魔法が施されとれば、そうなるわ）

逃げ出すこともできず、人間に利用される同族。なんという悲劇だろうか。

「ま、とりあえず君がポアルを追ってきたんじゃないなら、どうでもいいや」

ポアルとは誰だろうか？

（傍にいた少女のことか……？）

そういえばあの少女と子猫も異質な魔力だった。

最初は身なりや片角からして、魔族と人間のハーフだろうと思っていたが、それにしては魔力量がかなり多かった。

（これは調べるべきことが多くなったな……）

アイは意を決して、目の前の女性に訊ねてみることにした。

「……お名前を教えていただいてもよろしいですか？」

「あ、そういえば名乗ってなかったね。私、アマネっていうの。よろしくね」

「アマネ様とお呼びしても？」

「いいよ。てか、様もつけなくてもいいけど」

「いえ、そんな恐れ多いです。アマネ様、ウチと共に魔族領に来ていただけませんか？　もちろん、お連れの方々も一緒に。アマネ様は……その、人間ではないのでしょう？　貴女のいるべき場所は、ここではないはずです」

「……そうだね。でも残念だけど、私はこの地を離れることはできないんだよ。まだやるべきことがあるからね」

そう言ったアマネはひどく悲しそうな表情を浮かべていた。

「ッ……そうですか。わかりました」

間違いない。やはり彼女は人間に無理やり従わされ、ここから離れることができないのだ。

アイはそう勘違いした。アマネに改良してもらった【支配のブローチ】を握りしめる。

「……いずれ必ずお迎えに上がります。その時までなんとかお待ちください」

アイは心に誓った。

必ずや、彼女を縛る拘束魔法を解除し救ってみせると。

少なくともこの時はまだ、何の打算もなくアイは本心からそう思っていた。

握りしめた【アマネ改良版支配のブローチ】から微かに漏れる魔力に気づかぬまま……。

第三章 竜王さま、バイトをする

朝日が昇る。なんて爽やかな朝なんだろう。

「朝日が綺麗（きれい）だなんて思えたのって何百年ぶりかなぁ……」

竜界にいた頃はとにかく仕事、仕事、仕事（主に馬鹿どもの喧嘩（けんか）の仲裁）だった。

休んでる暇も、周りを見る余裕もなかった。

それが今はどうだ？

ただ太陽が昇り、この身を照らす。それだけでこんなにも世界は美しいと思える。

「あ〜〜〜〜〜〜休暇最高！」

べりっと皮膚が破ける。おっと、あまりの感動に思わず脱皮してしまった。

「!? あまね、どうした!? 大丈夫!?」

「あ、ポアル。おはよう」

「それより皮！ 破れてる！」

「ん？ ああ、これは別にいいのよ。私、月に一度脱皮するの」

「脱皮!?」

ぺりぺりと残った皮を剥（は）ぐ私に、ポアルが何やら戦慄（せんりつ）した表情になる。

え、もしかしてドン引きされてる？

そっかー、人間と同じで魔族は脱皮しないのか……。

「ちなみに私の皮は栄養満点で、竜界ではよくこれを肥料にして緑王樹を――」

「ばっちいよ！　ベッドの上に散らかってるし、はやく片付けよう！」

ポアルはテキパキと脱皮した私の皮を集めると、窓から外に捨ててしまった。

あー、もったいない。

「あまね、魔族にもリザードマンって種族がいたけど、脱皮した皮を他人に見られるのは彼らにとっての恥。あまねも、もっと羞恥心を持ったほうがいい」

「そ、そうなんだ……」

リザードマンにとっては、自分の垢や糞を人に見せびらかすようなものだという。

うーむ、種族ごとの価値観の違いって難しいな。脱皮した皮が排泄物と同じ扱いとは……。

「こっちの世界でも広がらないかなー、脱皮した皮を自慢する文化」

「無理だと思うよ……。そもそも脱皮しないし……」

「逆に人間や魔族って何を自慢するの？」

「……魔族は角。力の象徴で、形や大きさ、特に『色』を自慢する」

ポアルはちょっと気恥ずかしそうに自分の角を触る。

「へぇー」

そういえば、魔族は角で魔力を操るんだっけ？

だからハーフのポアルは角を折られ迫害された。改めて聞いても酷い話だ。

「魔族の魔力は角に宿る。だから強い魔力がある奴ほど角の色は濃く、綺麗になっていく」

「へぇー、なるほど……ん？」

でもその理屈だと、昨日のアイっていう魔族よりもポアルの方が色が綺麗なのでは？

アイの角は薄い赤色だったが、ポアルの角は濃い紫色だ。これってつまり――。

「だからあまね。私の角、治してくれてありがとう」

「ッ……そんな、照れるって……」

こういう真っ直ぐな好意を向けられると本当に照れてしまう。

でもなんかこういうのも悪くないなって思える。

つまり何が言いたいかっていうと、ポアルは可愛い。

「それじゃあ、朝食にしよっか」

「うんっ」

今日も一日、楽しくなりそうだ。

「あ、でもあまね」

「なに？」

「いま食べモノ、なんもないよ」

「――あ」

そういえば、家を直すのに夢中で食べ物は何も準備してなかった。

「しょーがない、何か取ってこようか」

森の中なら獣や果物くらい見つかるだろう。

「昨日の果物、ないの？」

「あー、あれね。ポアルたちは食べれるけど、私は食べれないんだよ」

創造魔法（ツクール）で創ったものは私には効果がない。

つまり食べ物を創っても、私の腹は膨れないのだ。むしろ魔力を消費した分、マイナスになる。

（……あ、そういえば昨日お金ってのをもらってたっけ？）

お金。竜界には存在しない、流通を円滑に行うための媒介物。

物の価値の尺度にも使われるモノ。人間の文化って面白いね。

「ポアル、安心して。私はお金を持ってるんだよ。これで好きなものを好きなだけ食べればいいんだ」

ポアルの表情がぱぁっと明るくなる。

「お金！　あまね、お金持ってるの？」

「そうだよ、ほら見て、これが――」

私はもらった革袋を開く。

チャリン、チャリン、チャリン、と銅貨が三枚出てきた。

「……そうだった。もらったお金って銅貨三枚だけだった」

「……あまね」

「……ポアル、何も言わないで」

しょうがない。お金で食べ物が買えない以上、森で何か獲物を狩るか。

「――探知魔法（サガース）っと。お、見つけた」

「はやいっ」

ポアルが驚いているけど、この程度のことなんでもないよ。良い感じのイノシシがいた。

「それじゃあ、ちょっと狩ってくるね。ポアルはここで待ってる？」

「ん、一緒に行きたい！」

「みゃぁ」

「じゃあ、一緒に行こっか」

見つけたのは弱そうなイノシシだし、ポアルとミィちゃんが一緒でも問題ないだろう。

私はポアルの手を掴むと一気に跳んだ。

「――え？　ぇぇぇぇえええええええええええええええええ!?」

「お、いた、いた」

何やら奇声を上げるポアルを尻目に、森の中をウロウロしているイノシシを発見。

目の前に着地した。

「うん、良い感じに魔力操作も馴染んできたね。世界に影響がない」

それに脱皮したおかげか、体の調子もばっちりだ。

「ボルォ……？」

イノシシもこちらに気づいたらしい。一丁前に威嚇してくる。

「あ、あまね！　あれ、イノシシじゃないよ！　魔獣だよ！　この森の主っ！」

「え、あれイノシシじゃないの？　確かにサイズはすごく小さいけど……」

竜界のイノシシはあれの十倍くらいの大きさがある。

「ちっちゃくないよ！　おっきいって！　あまね、逃げよう！」

「いやいや、何言ってるのさポアル。あれ、私たちの朝食だよ？　私、お腹空いてるんだし、お肉食べたいよ」

「逆に食べられちゃうよっ」

うーん、ポアルは心配性だなぁ。

「ボルォォオオオオオオオオオオオオオオオオオオオオッ！」

「よいしょっと」

私は突っ込んできたイノシシを片手で止める。

「えっ」

「ふみゃ!?」

「ボルォォ!?」

ポアル、ミィちゃん、イノシシが驚く。

「うーん、やっぱりサイズは小さいけど、とりあえず今の体ならお腹いっぱいになるかな？」

「ボ……ボルォォオオオ！　ボルォォオオオオオオオオ！」

イノシシはようやく力の差を悟ったのか、逃げ出そうとする。

当然、逃がすわけがない。

「ごめんね。でもちゃんと残さず食べるから。——斬撃魔法（キレール）」

私は魔力の斬撃を発生させ、イノシシの首を斬り絶命させる。ついでに血抜きと部位ごとの切り分けも同時に行う。

「よし、完了っ。んじゃ、帰ろっか」

「……」

ポアルは茫然とした表情でこちらを見ている。どうしたんだろうか？

「あまね、すごい……すごいっ、すごい！　あまね、すごいよ！　森の主、たおしちゃった！」

「あはは、大げさだなぁ。別にこのくらい、ポアルにだってできるよ」

「……私にもできるの？」

「できる、できる。そのうち魔法も教えてあげるからさ。ポアルならきっとできるよ」

「つ……あまね、私がんばる！　がんばってあまねみたいに強くなる！」

「みゃぁー」

「おー、いいねぇ。それじゃあ、帰って朝食に――ん？」

解体したイノシシの傍に、拳大ほどの石が落ちていた。キラキラと透き通るような赤い宝石だ。

「綺麗……なんだろ、これ？　ポアル、わかる？」

「んー、わかんない。でも綺麗だし、持って帰りたい」

「だね。んじゃ、これも持っていこうか」

食材を調達した私たちは家へと戻った。

◆

さて、解体したイノシシ肉を目の前に山のように盛ったはいいものの――

「調理器具もほとんどないし、外でステーキにしようか」

「すてーき♪」

「みゃあ♪」

ステーキと聞いてポアルとミィちゃんは涎を垂らす。

焼く台は昨日のお札が貼ってあった大きな岩を削って準備する。加工したらアズサちゃんの世界のホットプレートくらいの大きさになった。それを炎魔法で熱して、でっかいブロック肉をのせる。

ジュウウウ……。

お肉の焼ける音と共に、香ばしくいい匂いが漂ってくる。空腹にこの匂いは破壊力が強すぎる。

「あ、あまね……はやくっ。はやくっ……じゅる」

「ポアル、もうちょっとの辛抱だよ……じゅるる」

私もポアルもお肉に釘づけだった。だが我慢だ。外側をしっかりと焼き、内側へは余熱をじんわりと通すように繊細に行う。

竜界で仕事に忙殺されていた私の唯一の楽しみは食事だった。時間もなかったので、簡単で手早くできる調理しかできなかったが、それでも火加減一つで料理は劇的に美味しくなることを学んだ。

「よし、焼けた……」

大きな肉の塊を、同じく岩を削って作ったお皿に移すと、これも岩を削って作ったナイフとフォークで切り分ける。魔法で切り分けては駄目だ。調理前ならまだしも、しっかりと調理したお肉では魔力が余計な働きをして肉の味が落ちてしまう。

ナイフを入れた瞬間、溢れんばかりの肉汁が滴り落ちた。ああもう、なんで肉汁ってこんなに美味しそうなんだ。ぐっと堪えて、程よい大きさに切り分ける。ポアルは一言も話さず、肉だけを見ていた。

「じゃあ、食べようか」

「食べるっ！」

「みゃぁ！」

待ってましたと言わんばかりに、ポアルが返事をする。

「いっただきまーーす」

私たちはお肉を口に入れた。

「…………うっま」

なにこれ、美味しすぎない？　こっちの世界のイノシシってこんなに美味しいの？　噛めば噛むほど溢れ出す旨味。しっかりとした肉の繊維を感じつつも、決して硬すぎず程よく噛み切ることができる。それに脂身が美味しい。甘い。脂身なのに全然脂っぽくない。クドさがないと言えばいいのだろうか？　とにかく美味しい。

「むぐっ……むぐっ」

ポアルも夢中でお肉を頬張っていた。ミィちゃんも小さく切り分けたお肉を美味しそうに食べている。

うーむ、ただ焼いただけでこれほど美味しいとなると、やっぱり塩や調味料が欲しくなるなぁ。

アズサちゃんの世界の知識のおかげで、調理法や様々な調味料の存在も知ることができた。ただ焼くだけでなく、煮込んだり、他の食材と組み合わせたりすれば、このお肉は更に美味しくなるだろう。

せっかくの休暇なんだ。今までできなかった、ちゃんとしたお料理にも挑戦したい。

「……そういえば、こっちの世界に来てこれが最初の食事か……はむ」

私は改めてお肉を口に入れる。

……美味しいだけじゃなく、心が満たされていくのを感じる。

「あまねっ！　おいしいね！　私、こんなおいしいお肉はじめて食べたっ」

「みぃー♪」

花が咲いたような笑みを浮かべるポアルとミィちゃんを見てると、その理由がわかる気がする。

久しぶりに誰かと一緒に食べる食事は、本当に美味しかった。

◆

朝食を終えた後、私はふと気になってポアルに聞いてみた。

「そういえばポアルは普段何食べてたの？　あの反応じゃ森にはあまり入ってないんじゃない？」

「森には川もあるから、魚とか獲ったりしてた。あとたまに町に出て残飯漁ってた」

「残飯……」

「町に行くとよく石を投げられたから……。だから人気のない夜に漁りに行ってたんだ。狩りに失敗したときは、そうしないと食べ物手に入んなかった」

ハーフに対する差別って本当に根強いんだね。こんなに可愛い子にそんな仕打ちをするなんて。

休暇じゃなかったら世界を滅ぼしてるところだった。

「いつもは見つかれば住処も燃やされたりするんだけど、ここは運よく人間に見つからなかった。

だからずっとここにいた」

「みぃー」

なるほど、森の中にあったから見つかりにくかったんだね。

しかし、それを聞いちゃうとやっぱり言い出しづらいな。

「……あまね、どうした？」

「んー、いや、なんでもないよ」

「嘘だ。あまね、嘘ついてる」

ポアルは私の眼をじっと見つめてくる。

「あまねに嘘つかれるのは嫌だ。私、すごく嫌な気分になる」

「……ごめんね。実はさ、ちょっと人間の町を見てみたいなって思っただけだよ。でもポアルはあまりいい思い出はないだろうし、言いづらくてさ」

ポアルに嫌われたくないので、私も正直に答えた。

するとポアルは首をかしげる。

「？　なんでだ？　あまねは好きに町を見てくればいい。あまねは石を投げられないんだろ？」

「そうだけど、そうじゃなくてさ……。ポアルと一緒に行きたいと思ったんだよ」

ポアルと一緒に食べた朝食はとても美味しかった。

ならば、きっとポアルと一緒に見る景色も楽しいんじゃないかと思ったのだ。

「でもポアルは人間の町に良い思い出ないでしょ？　角や見た目なら私の魔法で変えることもできるけど、ポアルにとっては――」

「え？　角隠せるの？　人にハーフだってばれないようにできるの？」

「え？　できるけど……」

「じゃあ行きたい！」

「いいの？」

「行きたい行きたい！　あまねと一緒ならどこでも行きたい！　ハーフだってばれないなら人間の町だってもっと見てみたい！」

「そ、そうなの……？」

ポアルは目を輝かせる。

……すごいな。あんな仕打ちを受けても町に行きたいなんて。

ひょっとしてこの子、本来はすごくポジティブなんだろうか？

「じゃあ、行こっか？」

「うん！」

「みゃぁ！」

というわけで食後は王都に行くことにした。

昨日は暗くて全然見れなかったから楽しみだ。

◆

というわけで、森を出て王都に向かった。

ハリボッテ王国の王都は城壁が築かれていて、壁外は全て郊外というものすごく大雑把な括(くく)りだ。

なので、外れにある森も郊外と言ってしまえば郊外になる。

「郊外でもけっこう町が栄えてるんだね」

改めて見ると、郊外も結構な街並みだ。

王都周辺だけあって、人もそれなりに多い。

「あまね、見て見て！　あそこ、私がよく残飯漁ってる場所！」

ポアルは目を輝かせてゴミ捨て場を指差す。

「……悲しくなる情報をありがとう。なんか美味しいものでも食べようね」

「うん！　あまねと一緒なら私、どこでも楽しい！」

あぁ、この子は本当に眩(まぶ)しい。

労働で疲れた心に沁(し)み込んでくる。

時折馬車や、冒険者っていう人たちとすれ違ったけど、特にトラブルは起きなかった。

「うぉー……本当に私、ハーフに見えてないんだ」

「そうだよー。認識阻害の魔法を使って、ポアルの角を隠してるからね」

それでも今までの癖なのか、人とすれ違うたびにポアルは帽子をぎゅっと被(かぶ)る。

服も創造魔法(ツクール)で創ったものに着替えているので、傍(はた)から見れば、ただの人見知りの女の子だろう。

今はまだ無理だろうけど、少しずつその癖も治ってほしいと思わずにはいられなかった。

道中はとても順調だったのだが、問題は城門に着いた時に起こった。

「身分証をお持ちですか？」

「え、いや……その、持ってないですけど。ないと町に入れないんですか？」

「いえ、お持ちでなければこちらで発行いたします。もちろん、犯罪歴のない方に限りますが」

「そういうのって調べられるんですか？」

「はい、こちらへどうぞ」

私たちは城門の近くに張られた天幕へ案内される。

そこには私が二度と見たくないと思っていたアレがあった。

「この魔力水晶で犯罪歴を調べるんです」

「………………」

マジか。まさかまたあの水晶とご対面するとは思わなかった。

「……これに魔力を込めるんですか？」

「いえ、触れていただくだけで大丈夫ですよ？　過去に罪を犯した者が触れた場合、水晶の色が黒くなるんです」

「あ、魔力込めなくていいんですか！」

よかったぁー。

私はまたてっきりあの地獄が再現されるのかと思ったよ。

私は安心して水晶に触れようとして——ソレが起こった。

——ズキンッと、右目が痛んだ。

竜眼が未来を知らせてくれた。

私が触れた瞬間、水晶は一瞬で真っ黒に染め上がり、そのまま破裂した。

当然、魔力の暴走は止まらない。

天幕は吹き飛び、衛兵たちは粉々になった。

『ば、化け物！　化け物だーーー！』

『すぐに騎士団へ連絡を！　王都にとんでもない化け物が現れたぞ！』

『くっ、化け物め！　ここから先は一歩も通さんぞ！』

生き残った衛兵たちがてんやわんやの阿鼻叫喚。

そこで映像は途切れた。

(あー、なるほどね。私の魔力に触れるだけでこうなるわけか……)

無理じゃん。王城の時と違って、触れるだけでアウトとか絶対に無理じゃん。

あれより水晶の質が悪いのかな？

「どうかなされましたか？」

「あまね、どうした？」

水晶を前にプルプルと震える私を見て、衛兵とポアルが不審な目を向ける。

「……ちなみにこれって、人間以外の種族が触れたらどうなるんですか？　その、動物とか」

「みぃ？」

私は話を誤魔化すように、フードに入ってたミィちゃんを取り出す。

「あっはっは、動物は触れても何も起きませんよ」

「で、ですよねー」

「まあ、魔族や魔族の血が混じった者が触れれば話は別ですがね。以前、人間に化けて王都に侵入しようとした魔族がいましたから」

「へ、へぇー……」

じゃあポアルが触れてもアウトなのか。

もうこれ無理じゃん。

(仕方ない。王都に入るのは諦めるか……)

残念だけど、今回は諦めよう。

衛兵には不審がられるかもしれないが、用事を思い出したとか適当な嘘をついてこの場を——

「あれー？　アマネさんじゃないですか！」

天幕に明るい声が響き渡った。

「よかった！　心配だったので、これから会いに行こうと思ってたんですよ」

声のしたほうを見れば、そこにはアズサちゃんがいた。

「アズサちゃん、昨日ぶりだね」

「はい、昨日ぶりですっ」

「アズサ……？　ひょっとして勇者のアズサ・サギノミヤ様ですか？」

アズサちゃんの名に衛兵がピクリと反応する。

「はいっ。そうです」

アズサちゃんはふんすと胸を張る。すると衛兵は後ろへ下がった。

「こ、これは失礼いたしました」

へぇ、昨日の今日でもう彼女のことが伝わってるんだ。……私のことは全然知らなかったのに。

まあ、いっか。私、いちおう魔力無し判定で勇者じゃないってことになってるし。

「それで、どうしたんですか、こんなところで？」

「いやぁ、王都に入りたいなーって思ったんだけど、私、身分証がなくてさ」

「そうなんですか？　おかしいですね？　アマネさんもこの国での身分は保証されてるはずですけど……」

アズサちゃんは衛兵の方を見る。彼は笑みを浮かべて言う。

「アズサ様のお知り合いでしたら、すぐに身分証を発行いたしますよ」

「え、いいの？　この水晶とかは？」

私は魔力水晶を指差す。

「必要ありませんよ。アズサ様の保証は王族の保証と同等ですから。少々お待ちください。今、お二人分の身分証を持ってまいります」

衛兵さんは天幕を出ていく。へぇー、すごいねアズサちゃん。

「ていうか、格好も昨日とずいぶん違うね。その鎧(よろい)とか剣はどうしたの？」

「あ、これですか？　実は昨日、お城の中を色々探索しまして。ほら、初期配置のマッピングって基本じゃないですか。宝箱とかあるかもしれないですし」

「しょきはいち？　まっぴんぐ？」

「そしたらお城の地下にすんごいでっかい扉があったんです。しかもその前をでっかい鎌を持った死神みたいな骸骨がうろついてまして、これはキターって思いました」

「へぇー」

鎌を持った骸骨かー。もしかしてあの骸骨人形みたいな奴かな？　いろんなところにいるんだね。

「最初は門番かと思ったんですけど、私に気づくとなんか開けてほしそうに裾を引っ張ってきたので、せっかくだから入ってみようかなーって」

「鍵とか掛かってなかったの？」

「なかったですね。私が触ったら普通に開きましたから」

「へぇー」

ん？　それじゃあ骸骨さんはどうして入れなかったんだろう？　まあ、どうでもいいか。

「それで、扉の中には金貨とか宝石とかがいっぱいあったんですよ。その一番奥にこの剣が台座に刺さってまして、抜けるかなーってやってみたら抜けちゃいました」

「抜けちゃったんだ」

「はい。でも勝手に取ったら泥棒ですし、ちゃんと台座に戻したんですが、この剣、なんかついてきちゃって」

「ついてきちゃったんだ」

「はい。あとこのマントも、剣と一緒についてきちゃって。朝起きたら、ベッドの脇に剣の台座と一緒に鎮座してました」

「台座も!?」

そこは剣と鎧だけじゃないの？　台座もついてくるとかあるの？

「あ、台座は外で待機してますよ」

「外で待機してる!?」

ついてきてるの？　台座が!?　外を見てみると本当に台座があった。

一メートルくらいの高さの角錐台型で横と底からにょきっと手足が生えてる。

あ、こっちに気づいて、手を振ってきた。どういう仕組みなんだろう？

「いやぁー、パトリシアさんがすごくビックリしてましたねー。あ、姫様って呼ばなきゃ駄目だったんだ」

「そりゃパトリシアちゃんもびっくりするよ……」

「怒られるかなーって思ったんですけど、『元々勇者様にお渡しする予定の装備だったので』って言ってたので、なんかお咎めなしでした。あと扉の前でうろうろしていた変な骸骨はいつの間にか消えてましたね」

「ふーん」

成仏したのかな？

「ところでアマネさん、その子は誰ですか？」

「ん？」

アズサちゃんは私にくっつくポアルを見る。まあ、アズサちゃんなら話しても問題ないか。

私はアズサちゃんにポアルのことを説明した。

「うぐ……ひっく……そっか、大変だったんだねぇぇぇ……うぇぇぇぇぇぇん」

「すっごい泣いてる」

「は、はなせっ。鼻水ついた。あまね、助けて！」

アズサちゃんはポアルにくっついてうぉんうぉん泣いてる。ポアルは嫌らしく、引き剥がそうと

必死だ。

「……魔族にも色々事情はあるんですね。……うーん、やっぱりこれ、王族側が問題あるパターンかな？　でも魔族側の情報がないし、まだこのままでいたほうがいいかな」

アズサちゃんは何やらブツブツ言っているが、よくわからない。

「あの、アズサちゃん、このことは――」

「わかってます。誰にも言いません」

念のために防音魔法も使っているから、外にいる衛兵にもこの話は聞かれていないはずだ。

「お待たせしましたー。身分証ができましたよ」

すると、タイミングよく衛兵が天幕へ入ってくる。

「そういえば、アズサちゃんはこれからどうするの？」

「今日は騎士団の方と一緒に外で訓練です。魔族との実戦はまだ先になるだろうって言ってました。正直……今は少し安心してます。今の話を聞いて、ちょっと色々考えちゃって」

「……そっか。頑張ってね」

「はい」

アズサちゃんは手を振りながら台座と共に天幕を去っていく。

少し離れたところに騎士団っぽい人たちがいた。……訓練ってあの台座も参加するの？

「さて、それじゃ私たちは王都に入ろっか」

「おー」

「みゃぅー」

なんやかんやあったが、アズサちゃんのおかげで身分証も手に入った。

こうして、私たちは王都へと足を踏み入れたのだった。

◆

「へぇーここが王都か。テーマパークに来たみたいだね。テンションあがるー」

「わくわく♪」

「みゃぁ」

アズサちゃんの記憶によれば、こういうところに来た場合はこういう台詞（せりふ）を言うのがセオリーらしい。

でも本当にワクワクする。当たり前だけど竜界とは全く違う。

そもそも竜界には『町』という概念がない。

竜は好き勝手に巣を作り、好きに群れて生活をする。

それで生活が成り立つのだから、人間のように集団で農業をしたり、作業を分担するという発想自体がない。……竜王という貧乏くじを除いて。

「……仕事って一人じゃできないよね。助け合うって大事だよね……」

「……あまね、どうして泣いてるの？」

「何でもないよ。ほら、ポアル。あれってなんだろう？」

私は色々な屋台が並ぶ一角を指差す。

おそらくアレが屋台市場というものなのだろう。

生の食材から加工、調理された食品まで様々な食べ物が並ぶ食の祭典。視覚だけでなく、嗅覚にも訴えてくる食の誘惑。

「いい匂い……」

「ゴミじゃない腐ってない食べ物がいっぱい……」

「みぃ……」

さながら光に誘われる虫のように、私たちはふらふらと市場の方へと足を運ぶ。

あとポアル、発言がいちいち悲しくなるからやめて。これから幸せにするからね。

「おう！　いらっしゃい！　お嬢ちゃんたち、王都名物のハリボテ豚の串焼きはどうだい？」

「ふわぁ……いい匂い」

「美味しそう……。汚れてないし腐ってない。色も綺麗……」

「みぃぃぃ……」

ジュウジュウと音を立てて目の前で焼かれる串焼きに、私たちは生唾を飲み込む。

「おじさん！　これください！」

「おう！　一本銅貨五枚だ！　嬢ちゃんたちなら二本で銅貨八枚にまけてやらぁ！」

「わぁ、おじさん、ありが——……ぁ」

そこで気づいた。

私たち、お金、持ってない。

革袋を取り出す。全財産、銅貨三枚。……ぜんぜん足りない。

「……えっと、そのぉ……これ一本でお肉が四切れだから、半分だけ買うってできませんか？」

「……できねぇよ。なんだよ、お嬢ちゃん金持ってねぇのかよ」

「はい……」

おじさんは大きな溜息をつく。……ごめんなさい、冷やかしみたいになっちゃって。

「おいおい、どこの田舎もんだよ。金も持たねぇで王都で何するつもりだったんだよ。はぁ……ったくよぉ。ほら、食いな」

「え？」

おじさんは串焼きを二本と、味付けを何もしていないお肉を一切れ、私たちへ寄越す。

「で、でも私たちお金が――」

「金なんかとらねぇよ。サービスだ。食ってみろ。あと、こっちの欠片はその猫用だ」

私とポアルは串焼きを受け取ると、無言で顔を見合わせ、串焼きを頬張る。

ミィちゃんもポアルから受け取ったお肉にかじりつく。

「――ッ！」

なんだこれ!?

こんなの食べたことない！

朝食べたイノシシ肉も美味しかったけど、これは全く別の美味しさだ。

美味しい……美味しいけど、この感情をどう言い表せばいいんだ？　この感動を、この美味しさを表現する語彙がないのが恨めしい。

「あまね！　あまね！　あまね！　むぐっ……」

「うんわかる！　わかるよ、ポアル！」

ポアルも同じ気持ちだったのだろう。夢中で串焼きを頬張っている。

ミィちゃんもガツガツとお肉にかじりついている。

「みぎゃっ……みぃ……」

……あ、勢いよく食べすぎて吐いた。もったいない。

「どうだ、美味（うま）いだろぅ？　ウチの串焼きは？」

「はい！　すごく、すごく！」

「ならまた食いに来なくちゃいけねぇなぁ？　今度はちゃんと金を払ってくれよ？　一本くらいならまたサービスしてやる」

「はい！　必ず！　あの、ところでもう一つ、お願いがあるんですが……」

「あん？　まだ食い足りねぇのか？　しゃーねぇな、もう一本だけ——」

「あ、いえ、お金ってどこで稼げばいいんですかね……？」

「…………マジで嬢ちゃんたち、どっから来たんだよ」

呆（あき）れ顔の店主に私たちは串焼きをもう一本ずつもらい、お金を稼ぐ方法を教えてもらった。

そもそもお金を稼ぐということは働くということだ。私がこの世界に来ているのは休暇を過ごすためだ。なので働くという行為は、その目的に一番反している行為である。それは理解している。

しかし人間の世界というのは、私の想像以上にお金を中心に回っているらしい。

物を食べるのも、宿に泊まるのも、馬車で移動するのも、ありとあらゆることにお金が必要になってくるのだ。——そう、休暇を過ごすにもお金が必要なのである。

「──お嬢ちゃんたち、なにか得意なことはあるのかい？」

「腕っぷしには自信があります！」

「あるー」

「みゃぅ！」

「なら冒険者組合に行ってみな。あそこなら護衛やモンスターの討伐と、その手の仕事にゃ事欠かねぇからよ」

◆

というわけで、串焼き屋さんの紹介で冒険者組合というところにやってきた！

扉を開き、中に入ると、あっちこっちから視線を感じた。

それに「ぐへへへ」とか「ひひひ」とか変な笑い声も聞こえてくる。

中は吹き抜けの広間のようになっており、テーブルやカウンターも設置されている。

冒険者たちの集会所にもなっているみたいだ。

「えーっと、受付はあっちかな？」

そちらへ向かおうとした瞬間、数人の男が私たちの前に立ちはだかった。

「……なんですか？」

「よぉ、お嬢さん。冒険者組合にようこそ。へへ、依頼に来たのかい？　だったらぜひ俺らを指名してくんねーかな？　げへへへ」

　リーダー格らしきモヒカンの男が話しかけてきた。

「ひひひ、そっちのちぃせぇガキはちゃんと飯食ってんのかぁ？　今なら、ランチタイムでボリュームたっぷりの飯が大銅貨二枚だぜ？　奢ってやろうか……けっけっけ」

「おいおい、その猫、首輪もしてねぇじゃねぇか。飼い主の登録は商業組合でやってんぞぉ？　冒険者組合でも代理受付はしてっから後でやっときな……ひっひっひ」

　更に肩にトゲトゲを付けたデブ、出っ歯のチビが続く。

「俺らはよぉ〝黒のハイエナ〟っていう冒険者パーティーさぁ。依頼があるなら気軽に声をかけてくれやぁ。安くしとくぜぇ……」

「へへっ、そうだぜー。俺たちはなぁ、老人の荷物持ちからゴミ拾い、薬草採集に害獣駆除や魔物の討伐まで手広くやってんだぁー。てめぇらが誠意を見せんなら、お安くしとくぜぇ、ひゃはははは！」

　これは売り込みというやつなのだろうか……？

「えーと、ご丁寧にすいません。でも私たちも冒険者の登録に来たので」

　私がそう言うと男たちは一瞬ポカンとした後、盛大に笑いだした。

「テメェらが冒険者だぁ!?　笑わせるじゃねぇか！　受付は向こうだぜ……」

「へへ、仮にも新人なら、ここのルールってもんを教えておいてやるか」

「……どんなルールなんですか？」

　男たちは私たちをじぃっと見つめながらペロリと舌なめずりをする。

「いいかぁ？　まず組合に入ってきた時はぁ、きちんと挨拶しなきゃ駄目なんだぜぇ……。おはようございますとか、こんにちはとかよぉ……。あと外で会った時も、ちゃぁーんと挨拶しねぇと駄目だ。へへへっ」

「あと回覧板も回さなきゃいけねぇから、都合のいい時間帯をちゃんと申告しときな……。一人の迷惑はみんなの迷惑だぜぇ……」

「誰かが困ってんなら手ぇ差し伸べる。弱い者いじめは見過ごさねぇ……まあ、こんなところだなぁ。詳しい説明は受付で聞きなぁ……ひっひっひ」

……なんだろう。見た目は世紀末なのに、すごく真っ当なことしか言ってない気がする。

「あまねー、これすごく美味しいよー♪　むぐむぐ」

「みゃぅー♪」

「ひっひっひ。冒険者組合の名物ランチは最高だろぉ……？　出世払いにしといてやらぁ……」

あ、話を聞いてる隙に、ポアルがカウンターでご飯を奢ってもらってる！

もー、知らない人についていっちゃ駄目でしょうが。というか朝食にお肉食べて、串焼き食べてまだ食べるのか？　私も食べたい！

「コイツは洗礼だ嬢ちゃん！　冒険者組合へよぉこそだぜぇ……！」

なるほど、これが社会……！　先達冒険者の厳しい洗礼を受けた私たちは受付へと向かう。

「いらっしゃいませ。本日はどのようなご用でしょうか？」

「冒険者の登録をしたいんですが……」

「かしこまりました。それでは、こちらの用紙に必要事項をご記入ください。字が書けない場合はこちらで代筆いたします」

「はい」

「それと――」

その瞬間、私はとても嫌な予感がした。

受付嬢がソレをテーブルに置いた瞬間、ズキンッと右目が痛んだ。

「こちらの魔力水晶で魔力を測定いたします」

「…………」

二度あることは三度あるという。

……どうやら魔力水晶(コイツ)はどこまでも私の前に立ちはだかりたいらしい。

◆

三度世界を滅ぼす未来を視(み)た。

あの時と同じだ。私は極限の極限まで自分を弱体化させ、なんとか世界を滅ぼさずに済んだ。

その結果、私は魔力無しと判定され、冒険者にはなれなかった。

なのだが――

「す、すごいです！　まさかこれだけの魔力量を持っているなんて……！」

「私、すごいの？」

「すごいなんてもんじゃありませんよ！　魔力は魔法使いだけでなく冒険者にとっても重要な資質……！　ポアルさんは既に最高位の聖金級冒険者並みの魔力量！　この冒険者組合始まって以

来の逸材かもしれません！」

「むふー♪」

ポアルがなんかやたらすごい高評価を受けていた。

「すげぇぜお嬢ちゃん！　ひゃっはー！　新たな大物冒険者の誕生だぜぇー！」

「キヒヒヒッ！　お祝いだぁひゃっはー！」

「ランチの後だぁ！　胃に優しいスイーツをくれてやるぜぇー！」

「むっふー♪　おいしい！」

てか、ポアル。君、人間たちにけっこう酷い扱い受けてたけど、その辺もういいの？　許しちゃうの？

いや、違うよ。別にポアルだけがチヤホヤされてるのが羨ましいとか、そんな気持ちはいっさいないけどね、はい。まあ水晶が魔力だけ計測するタイプだったから、ポアルがハーフだってバレなかったのはよかったけど。

受付嬢や周りの冒険者たちがなんか勝手に盛り上がってると、ポアルはとてとてと私の方へやってきて、裾を引っ張ってくる。

「あまね、あまね」

「なに？」

「……人間にもあまねみたいに良い奴らはいるんだね。私、ちょっと見直した」

「ッ……」

やーめーてー。そんな純真無垢なキラキラした瞳を私に向けないでー。ポアルのことをひがんでた自分がひどく小さい存在に思えてくるからー。

「てか、冒険者になれないなら、私どうすればいいんだろう……」

「大丈夫。あまねの分も私がかせぐ」

「……ありがとう、ポアル。でも私にもプライドってあるんだよ……」

さすがにポアルに稼がせたお金で休暇を満喫するほど、私は落ちぶれてはいない。私は受付嬢の元へ向かう。

「……あの、魔力無しでもできるお仕事ってありませんか？」

なんで私、休暇中なのに求職してるんだろう……？

「え、えっと……それでしたら魔道具の制作はいかがでしょうか？」

「魔道具……？」

「はい。魔道具とは、魔石をエネルギー源とした道具です。こちらの魔力水晶もそうですが、冷蔵庫や洗濯機といった家庭で使う品々から、町の街灯や噴水といった様々な用途で使われる品々まで、全て魔道具と呼ばれています」

「へぇー、そうなんですね」

「はい。アマネ様のように全く魔力のない方は非常に珍しいですが、魔力の少ない方は数多くいらっしゃいます。そういった方でも魔力の恩恵を受けるために作られたのが魔道具ですね。作る品によっては魔力を必要としないので、アマネ様のような方にはぴったりかと思いますよ。ただ……」

「ただ……？」

受付嬢はちょっと言いづらそうに、

「実は今、ちょうど一件だけ、ある魔道具店からバイトの募集が出ているのですが……そちらの店主さんが非常に変わって——えっと個性的な方でして……。魔力の有無や、経歴は問わないかわりに『とても可愛くて手先が器用な女の子』っていう条件なんですよ。アマネ様はとても愛らしい容姿をしておられるので、もしよければ面接だけでも——」

「受けますっ！」

私は二つ返事で頷(うなず)いた。

◆

というわけで、紹介された魔道具店にやってきた。

お店の外観を一言で表すなら「とても怪しいお店」という感じだ。アズサちゃんなら「魔女でも住んでそう」って言いそう。

「それにしてもこの世界、魔力無しって本当に珍しいんだなぁ……」

竜界もそうだったけど、この世界はほぼどんな生物も、それこそ無機物でもすべからく魔力が宿っている。人でも、魔族でも、動物でも、植物でも、虫でも、土でも。なので私のように魔力無しの存在は非常に珍しい。

「まあ、私の場合はあくまでも極限まで抑えてるだけだけど」

じゃないと世界が滅ぶから。あくまで公式記録で測定できないだけで、普通に魔法も使える。

魔力感知に優れてる者なら、私から出てる超微細な魔力も普通に感じ取ることができる。今のところ、それができたのはアイちゃんだけだけどね。

「ごめんくださーい」

「さーい」

「みゃぅー」

紹介された魔道具店のドアをノックする。

「おぉ、いらっしゃーい。冒険者組合から連絡は受けとるよー」

「!?」

出迎えてくれた人物を見て、私は一瞬、目を疑った。

球型の頭部に、円柱の胴体。のっぺりとした顔。

こけしだ。こけしがおる。アズサちゃんの世界の伝統工芸品がおる。

「……人形？」

「あはは、これでも立派な人間ですわ。まあ、初めての人には驚かれるけどなぁ。ささ、冒険者組合から連絡は受けとるさかい、どうぞお入りください」

こけしに招かれ、店に入る。

「わぁ……」

店内には様々な魔道具が所狭しと並べられていた。ほとんどは鍋や包丁といった調理器具だが、回復薬（ポーション）の類（たぐ）いも並んでる。これが人間界の回復薬か……。竜界とはずいぶん色が違うね。

「ちょっと待っててな。今、店長を呼んでくるさかい」

こけしは店の奥へと消えていった。

「……なんでこけしなんだろ？」

「かっこいい！」

「ポアル、アレは真似しちゃ駄目だよ」

「えー」

「えーもいーも駄目ったら駄目」

「むー」

絶対、ポアルの教育上、なんか良くなさそうだから。

「それよりも見なよ、ポアル。これ、見て！　面白い形してるよ！　こっちの鏡みたいなのもどんな効果があるんだろう？　ほー、へぇー」

むしろ私の興味はこけしよりも、棚に並べられている魔道具に釘づけだ。

どれもこれもなかなかに洗練されたデザインだし、装飾も凝ってる。

「うぅむ。これは……いいものだ」

竜は収集癖が強い。金銀財宝、魔道具、魔石。竜によって好みは様々だが、これらの品々は私にとってのどストライク。もちろん、金銀財宝も大好きだけどね。

「ふわぁぁ……欲しい。これ、全部欲しいよぉ……」

「あまね、口から涎たれてる」

おっと、これは失敬。涎は拭っておこう。

「あらぁ、気に入ってくれたの？　嬉しいわぁ」

すごく綺麗な女性の声がした。声のしたほうを向いて――私の脳は一瞬、バグった。

そこにいたのはものすごく筋肉質の男性だったからだ。

ローブからのぞく盛り上がった大胸筋。血管が浮き出るほどに鍛え抜かれた二の腕。杖を握る指の一本一本もしっかり太い。黒く長い髪を頭頂でまとめ、化粧と赤い口紅をしている。

「？　……？　………？」

男……？　オス？　いや、でも声は女性……？　両性具有？　雌雄同体？

「店長のアナよ。フルネームはアナスタシア・ファーベルト。これでもこの国で一番の魔具職人と自負しているわぁん。これからよろしくね、お・嬢・さ・んたち。んっふん♪」

「………？」

ぽかーんとする私。

「私はポアル。こっちは猫のミィ。よろしくなー」

「みゃぅ♪」

「んっふ♪　よろしくねぇん♪」

「よろしゅー頼んますわー。あ、自分はデンマいいます。デンマ・イー。アナ店長の助手兼マスコットですわ」

あ、あれ？　みんな普通に挨拶してるし、別におかしくないのかな？

「というか面接はいいの？」

「構わないわよぉん。二人とも可愛いし一発合格！　ついでに猫ちゃんもマスコットとして採用！」

「ええ、店長！　マスコットは自分やろ!?」

コケシが焦ってる。

「そ、そんな簡単に決めちゃっていいの……？　その、能力とか色々……」

「あらぁ、見た目は大事よぉ？　ほら、ウチって商品の質はいいんだけど、アタシもデンマちゃんもちょっと個性的な見た目でしょう？　常連さん以外、近寄りがたいみたいで……困っちゃうわぁ」

ああ、いちおう自分の見た目には自覚があるんだ。

「だから二人には魔道具制作の手伝いと接客を頼みたいのよね。もちろん、やり方はちゃんと教えるし、働きによってはお賃金も上乗せするから」

「頑張りますっ」

お金がもらえるのなら言うことはない。ふふ、竜王時代に培った私の働きっぷりを見せてやる！

……何度も思うが、私なんで休暇中なのにバイトしてるんだろ？

いや、まあ普段と違うことをするのも休暇の醍醐味だしっ。あとお金欲しいし。

「というかポアルはよかったの？　ポアルがやりたいなら、冒険者の方も——」

「あまねといっしょがいいっ！　あまねといっしょじゃなきゃヤダ！」

あら、やだ。この子、本当にいい子。

よし、いっぱい作って、いっぱい稼ぐぞ！

こうして私は勇者をクビになり、その翌日に魔道具店でバイトをすることになったのだった。

◆

一方その頃、アズサは勇者としての訓練に励んでいた。

「ダイ君！　突進！」

「ダイーーーーッ！」

「ぐはぁっ！」

「ぐああああああーっ」

「がはっ」

アズサの声に従い、勇者の剣の台座――命名ダイ君が騎士たちに突撃する。

騎士たちはなすすべもなく吹き飛んだ。

「ダイ君！　のしかかり！」

「ダイーーーーーッ！」

「ぐがあああ……アズサ様！　ギブ！　ギブです！」

勇者の台座に圧しかかられた騎士はたまらずギブアップを宣言する。

「すげぇ……アレが勇者の台座の力……！」

「ああ、なんかよくわからないが強い」

「勇者様、いっさい動いてない……！」

勇者の剣の台座は大活躍であった。

「ふぅ、ダイ君お疲れ様。はい、これ。剣」

「ダイーー♪」

アズサは台座に剣を突き刺す。

すると台座は嬉しそうに手足を引っ込めて元の台座に戻った。

どうやら台座はこの状態が落ち着くらしく、ご褒美として剣を置いているのである。

訓練を終えて、タオルで汗を拭う。そしてふぅっと息を吐いて——

「…………なんか違くない？」

これは勇者の訓練じゃない。断じて違う。アズサは当たり前のことを疑問に思った。

「そもそもこれ私の訓練じゃなくて台座の訓練じゃん！　私、犬のトレーナーみたいにただ指示出してるだけじゃん！　これ、勇者じゃないよ絶対！」

アズサはごくごく当たり前のことに気づいた。

「——というわけで、訓練の内容を変えるべきだと思います」

「……確かにそうですね。ダイ君があまりにも強いので我々もつい興が乗ってしまいました……」

アズサは騎士団長に相談した。

騎士団長もさすがにこれは違うなーと思いはじめていたらしいので、ちょうどいいタイミングだったようだ。

「私は一刻も早く強くなりたいんです！　あとお金も必要だから、できるだけたくさん稼ぎたいんです」

「魔王を倒すために強くなりたいのはわかりますが、なぜお金が必要なのですか？　必要であれば王室からいくらでも支援金が出せますが……」

「それはあくまで勇者経費で、それ以外の資金使途では申請できないじゃないですか。私は個人で自由に使える金銭が欲しいんです」

「何のためにですか？」

「養いたい人たちがいるんです！」

「……養いたい人たち？」

「はいっ！」

アズサは力強く頷いた。

（そう、私が勇者としての名声を高め、たくさんお金を稼げば、アマネさんやポアルちゃんに楽をさせてあげられる……！）

アマネはアズサと違い、魔力無しと判定され王城を追放された。

そのことを知っているのはアズサと王族、そして彼らの側近だけだ。騎士団や民衆には一切知らされていない。

（……養いたい？　はて？　この世界に召喚されたばかりの彼女に親しい人間などいるわけがないが……？）

故に、騎士団長の疑問はもっともであった。

彼はこれまでのアズサの行動から、今の発言の真意がなんなのか考え、そしてハッと思い出した。

ここへ来る前に、城門の前で彼女は孤児を抱きしめて泣いていたことを。

（そうか！　養護院を造りたいのか！）

それは城門でアマネたちと再会した時のことだ。

アマネの張った防音魔法があったので声は聞こえてなかったが、天幕の隙間から彼女が少女（ポアル）を抱きしめて泣いていたのを騎士団長は見ていた。

見慣れぬ服装の少女だった。おそらくは地方から流れてきたのだろう。今は魔族との戦争中だ。

戦火によって故郷を追われ流民となる者も少なくない。

（……なんと優しいお人か……）

勇者とは、ただ力を持つ者にあらず。

大事なのは正しい心と、正しい力の使い方。

勇者としての武力は悲劇を未然に食い止めることができるだろう。

勇者としての名声は出資金を集め、新たな養護院を造ることもできるだろう。

（優しさと慈悲の心。まるで聖女のように高潔なお方だ）

騎士団長はアズサへの評価を大きく上げた。

「かしこまりました。そういうことであれば、我々も尽力いたしましょう。協力してくれそうな文官にも心当たりがあるので当たってみます」

「……？　え、あ、はい。よろしくお願いします……？」

何のことか、アズサにはさっぱりわからなかった。

こうしてまた一つ新たな勘違いが生まれた。

――後に王都郊外をはじめ、各所にアズサ名義の養護院が建てられることになるのだが、それはまた別のお話。

◆

「それじゃあ、お仕事をしてもらう前に、魔道具や魔石について一通り説明しておくわぁん♪」

「よろしくお願いします」

「まっすー」

「みゃぁー」

私たちは元気よく返事をする。

魔道具店「ブルーローズ」の店長アナさんはにっこりと頷くと説明を始めた。

「冒険者組合である程度説明は受けてきたかもしれないけど、魔道具ってのは魔石を使うことで、魔法と同じような効果を発揮する道具のことよぉん。魔力が少ない人や、体が不自由な人が魔法の恩恵にあずかれるように作られたのが始まりと言われているわぁん」

「へぇー」

ポアルはアナさんの説明にうんうんと頷いている。これは私が組合で受付嬢に聞いたのとほぼ同じ内容だ。アナさんは実際の魔道具と魔石をテーブルの上に置く。

「これが魔道具と魔石。魔石ってのは、その名の通り魔力のこもった石のことで、特殊な鉱山やモンスターから採取されるわぁん」

「これはどういう魔道具なんですか？」

「調理に使う焜炉（コンロ）よ。こうしてここを捻（ひね）れば、火がつくの。かまどと違って持ち運びができるからよく騎士団が遠征で使ったりするわねぇ。火力の調節も可能よん」

アナさんが側面に取り付けられた突起（スイッチ）を捻ると火がついた。

「へぇ、この突起（スイッチ）で火をおこして、魔石の魔力を燃料にして火を燃やすんですね……」

仕組みは単純だが非常に興味深い。魔法は基本的に本人の資質に大きく作用する。得意な魔法があれば、不得意な魔法があるように。しかし魔道具は誰でも使うことができる。しかも簡単に。

「あら、いい観察力ねぇ。そういうの大事よぉ」

「いいですね。こういうのすっごい面白いなぁ……」

竜界にはない技術だし非常に興味深い。ポアルも目を輝かせて魔道具を見ている。……ちなみにミィちゃんは窓際でお昼寝だ。デンマさんがミィちゃん用のカゴを用意してくれた。

「ねえアナ、あっちの棚にあるビンはなんだ？」

「アレは回復薬ね。飲めば魔力や体力が回復するお薬よ」

「へぇー、美味しいの？」

「んっふ、とぉーっても苦くて不味いわよ♪　飲んでみる？　ちなみに一本銀貨九枚♪」

「たかっ」

私は思わず声に出してしまった。

銀貨九枚って、たしかアズサちゃんの世界だと九〇〇〇円くらいだよね。人間界の回復薬って、そんなにするんだ。

「……いらない」

アナさんの言葉に、ポアルは渋い顔をする。高いと理解したのだろう。

「……というか、薬は薬師や治療院の仕事なのでは？」

たしかバイトの紹介の際に、その辺の知識を受付嬢から一通り聞いている。私の言葉にアナさんはうんうんと頷いた。

「そうなんだけど、ウチのメインのお客様は冒険者が多いのよ。この焜炉とかも全部冒険やダンジョンでの野営に使うものなの。回復薬も薬師組合の方に許可を取って特別に販売してるの。だから値段はちょっとお高めの設定になってるのよねぇ……」

「この回復薬もアナさんの手作りなんですか？　卸したモノじゃなくて？」

「そうよぉ。回復薬の精製や調合には専門知識や技術が必要だし、とぉーっても大変なの。だけど冒険者に怪我(けが)は付き物でしょう？　私としてはもう少しお手ごろな価格で販売したいんだけど、どうしても薬師組合の方が認めてくれなくてねぇ。……我々が扱う分野だとか色々抜かしやがってあのアホンダラどもが……」

一瞬、アナさんからどす黒いオーラが放たれた。ポアルがさっと私の後ろに隠れる。

「あらやだ、アタシったらごめんなさいねぇ。それじゃあ、実際に魔道具の作り方を教えるから、みんなで作ってみましょ♪」

「「はーい♪」」

「まずは一番簡単な焜炉からやってみましょう。これはでき合いの部品を組み立てるだけだから、誰でもできるわぁん」

それから私たちはアナさんの指導のもと、魔道具を試作した。

自分の魔力を使わなくていい工作は非常に新鮮で私の心を躍らせた。

バキッ。

「あっ、部品が……！」

手で掴んだ部品が壊れた。

「あまね、また壊したー」

「あらん。アマネちゃんはなかなか不器用ねぇ」

「いや、ちが……。ち、力加減が難しいんだって！」

魔道具作成は、自分ででき合いの魔道具を改良するのと違って、手を加える必要がない分、自前の器用さがモノを言う。まさか自分がこんなに不器用だとは思わなかった。

「できたー」

「あら、ポアルちゃんは上手ねぇ。試運転で問題なければ、これは明日店頭に並べてあげるわぁん」

「わーい」

そして意外な才能を見せたのがポアルだ。

アナさんの指導が良いのもあるが、あっという間に焜炉の魔道具を組み上げてしまった。

「あまね！　あまね！　見て、見て！」

「う、うん。すごいねー、えらい、えらい」

「むっふー♪」

ぐっ……。ポアルの笑顔が眩しい。

そしてすごく悔しい……！　ポアルにできて、自分にできないのが悔しい……！

私は竜王……！　竜王にできないことなんて、あってたまるものかー！

心にやる気の灯がともる。竜王の真の力を見せてやらぁ！

バキンッ。

「あまね、また壊したー」

「……アマネちゃん。余りとはいえ、これ以上部品壊しちゃうと、バイト代から引いちゃうわよ？」

「うぐっ……頑張りますぅ……」

気づけばあっという間に時間が経っていた。窓の外を見れば、既に日が傾いている。

私はなんとか手加減を重ねて焜炉を一つ完成させることができた。……だいぶボロボロだけど。

「――あらん、もうこんな時間。今日はここまでにしましょう」

「えー、もっとやりたいです」

「私も」

ポアルもやる気満々だ。ミィちゃんはまだすやすやと寝ているけど。

「きちんとお休みするのもお仕事では大事よ。疲れはお仕事の大敵なの。今日はここまで」

「ッ……！」

そう言ってアナさんはテキパキと片付けを始める。だが私は今のアナさんの言葉に震えて動けなかった。

――きちんと休むのも仕事のうち。

なんて……なんて素晴らしい言葉なんだ。竜界の馬鹿ども全員の脳みそに叩き込んでやりたい。

休んでいいなんて……仕事して休んでいいなんて……アナさん、アナタは天使か？

「うっ……うぅ……うっ……」

「あ、あまね？　どうして泣いてるの？」

「あ、あらん？　初めてのバイトで疲れちゃったのかしら？　よかったらお茶でも飲む？」

「や、やめてください……。うぅ……うう、これ以上優しくされたらぁぁ……わだし……わだしいぃぃぃ……」

ボロボロと泣きはじめた私に、アナさんとポアルはひたすらワタワタするのだった。

ようやく落ち着いたところで、アナさんが何かを持ってきた。

「はい、それじゃあこれは今日の報酬ね」

アナさんは二つの焜炉を渡してくる。一つはボロボロの欠陥品。私が作ったヤツだ。

「これって私たちが作った焜炉……？」

「そ。記念にあげるわ」

「記念って、こんなボロボロじゃ素直に喜べないですね……」

「ふふ、アマネちゃんは若いわねぇ。でもねぇ、誰だって最初から完璧にできる子なんていないの。何度も失敗して、作り直して、それでようやく一人前になるの」

だから、とアナさんは続ける。

「これはアマネちゃんが一人前の魔具師になるための最初の一歩。この子は大事にとっておきなさい。そして一人前になった時には、これを見て初心を思い出しなさい。それはきっとどんなに辛い時でも、アナタの心の支えになってくれるはずよぉん」

「アナさん……」

私はボロボロの焜炉を抱きしめる。

「大事にします……！　私、これからも頑張ります！」

「うん、いい返事ね。それとこっちはボーナス♪」

そう言ってアナさんは銀貨の入った袋を手渡してくる。

「え、でも私たち、いっぱい失敗して、部品も壊したのに……」

いくら予備のパーツを使ったとはいえ、あれだけ壊せばお店としては赤字のはずだ。ポアルはともかく、私はお金なんてもらえない。というか、本来なら報酬どころか補填をしなければいけないはずなのに。

「ふふ、取っておきなさい。未来の魔具師さんへのほんの投資よ。今日はそれで何か美味しいモノでも食べて英気を養って。それじゃあ明日からもよろしくねん♪」

「ッ……アナさん！　アナさぁぁああああああああああああああん！　うわぁああああああん」

「あらあら、アマネちゃんは泣き虫ねぇ。よしよし」

なんて……なんていい人なんだ……。もっと早くこの人に出会いたかった。

こんな人がいれば、竜界でも私はもっと頑張れただろうに。

帰りに私たちは例の串焼き屋で串焼きを買った。店主さんはサービスだと言って、多めに串焼きをくれた。

「美味しい」

「うまー」

「みぃ♪」

働いて稼いだお金で食べる串焼きはとても美味しかった。

それからしばらく歩くと、私たちの家が見えてくる。

「……あまね、家の前に誰かいる」

「ん？」

ポアルが家の方を指差す。

玄関の前にいたのはアズサちゃんだった。

「あ、アマネさん、ポアルちゃん、おかえりなさい！」

「アズサちゃん……？　どうしたの、こんなところに？」

「はい！　今日から私もここに住むことにしました！」

「へぇー。…………え、どういうこと？」

◆

「……へ？　ここに住む？」

「はい！　騎士団長さんにお願いしたら許可してくれました！」

「へぇー、そうなんだ」

勇者って色々立場もあるだろうし、自由に動けないのかと思ったけど、意外と融通が利くんだ。ホワイトだねぇ、羨ましいねぇ。竜族とは大違いだ。こんちくしょうが。

「でもここって城から遠いよ？　いいの？」

「ダイ君に乗れば早いですし、通うのに不便はないですよ」

「ダイー！」

アズサちゃんの声に、勇者の剣の台座――通称ダイ君が反応する。

…………君、いたんだ。

「ソレ、乗れるんだ」

「はい、乗れます。すっごく速いですよ。乗る時は足が車輪みたいに変化するんです」

「ダイー！」

「すごいねー」

それ本当に台座なの？

「あと剣の刺し加減でギア変更やスピード調節もできるんですよ。すごいですよね」

「ダイー！」

「すごいねー」

勇者の剣の台座ってなんだっけ？

いや、もちろん違うんだけど、もう言葉通りの意味になってるのが逆に違和感。

「というか、この子……んー？」

「ダイー？」

私は台座をじっと見つめる。

うーん、気のせいかな？　なんか見たことがあるような気がしたけど。まあ、いっか。

「あ、そうだ。アマネさん、とりあえずこれ、どうぞ」

アズサちゃんは私に革袋を渡してくる。すっごく重たい。開けてみると、金貨がぎっしり入っていた。

「………………」

金貨だ。この世界の金貨って初めて見た。

なにこれ？　金貨ってこんなに綺麗なの？　これに比べたら竜界の金なんてカスや。なんちゅうもんを……なんちゅうもんを見せてくれたんやアズサちゃん。

「当面の家賃と生活費です。なんか騎士団の方で融通してくれました」

「ようこそ、アズサちゃん。歓迎するよ」

私は諸手（もろて）を挙げてアズサちゃんを歓迎した。

「あまね、この人、一緒に住むの？」

不安そうな表情のポアル。

「ポアル、心配しなくても大丈夫だよ。この人はとってもいい人なの」

「いいひと？　こいつ、私にいきなり抱きついて鼻水つけたよ？」

「あー、うん……。でもそれはポアルの境遇に同情しただけだから……」

いい人だよ、間違いなく。

「それにほら、当面の生活費だって困らないよ。これだけあれば好きなものや欲しいものもなんでも買えるよ」

「……あまね、目が金貨みたいになってるよ？」

「…………気のせいだよ」

決してお金に釣られたとかじゃない。断じてない。

ともあれ、こうしてアズサちゃんが一緒に住むことになった。うっへっへ金貨だー。

さっそくアズサちゃんに私たちの家を案内する。

「へぇー、郊外の森って大臣から聞いた時はちょっと不安でしたけど、すごく快適そうですね」

「色々、リフォームしたからねー」

旧お化け屋敷だった我が家は、現在平屋の３ＬＤＫ。ゆくゆくは庭づくりや家庭菜園にもチャレンジしてみる予定だ。やっぱ休暇といえば家庭菜園だよね。

「アズサちゃんはこっちの部屋使っていいよ。私たちはこっちで寝るから」

「私はあまねと一緒に寝る」

「えぇっ!?」

親しき仲にも礼儀ありっていうし、その方がいいだろう。そう思ったのだが、アズサちゃんはなぜかものすごくショックを受けたような顔をした。

「その、わ、私はアマネさんと一緒でも全然構わないというか、むしろそっちの方が嬉しいというか、ご褒美というか……」

「……？　別に一緒でいいならそれでもいいけ――」

「ぜひ！　お願いします！」

「あ、うん。いいよ……」

アズサちゃん、顔近い。皆で寝るのが好きなのだろうか？

プライバシーとか一人の時間っていうのが大事って、アズサちゃんからもらった知識にはあったけど……。まあ、どっちもでいいか。

「一緒……アマネさんと一緒に就寝。じゅるっ、思わず涎が……。まだよ、まだ我慢するのよ私。初めてのシチュエーションはやっぱりロマンチックな感じにしなきゃ。まずは好感度を稼いで、アマネさんからのデレを引き出し、向こうから求めてくる感じで……っ。いい……すごくいい。それでお互いの初めてを交換し合うの……。ここは異世界なんだもの。女の子同士で好き合ったってなんの問題もないじゃない……ぐへへへっ」

「……」

なんかアズサちゃんの顔がとんでもなく卑猥な感じになってるけど見なかったことにした。

それよりも私にとって大事なのはこっちだ。

革袋いっぱいに詰め込まれた金貨を眺める。その黄金の輝きに私は目を奪われた。

「ああ、なんて……なんて美しい。金貨が一枚……金貨が二枚……金貨が三枚……金貨がいっぱい。なんて見事な輝きなんだ！　いずれ、もっともっと金貨を手に入れて、浴室のバスタブいっぱいに……。他にも宝石とか財宝とか、金目のものに囲まれて暮らしたい……。アズサちゃんの世界ではそういうのを『勝ちまくり、モテまくり』とか言うんだっけ？　いいね、最高だ……ふへへへっ」

「……あまねもアズサも気持ち悪い。いこ、ミィ」

「みぃー」

汚れた笑みを浮かべる私とアズサちゃんを、ポアルとミィちゃんはどこまでも冷めた目で見つめるのだった。

◆

アズサちゃんが一緒に住みはじめて数日が経った。

アズサちゃんという財布——げふん、げふん。財源、もとい心強いスポンサーを得た私たちは、自宅の快適度向上に乗り出すことにした。

具体的には家具の購入。元々ポアルとミィちゃんの、それもボロボロだった家具しかなかったからね。私が魔法で新品同様に戻したけど、人数も増えたし新たに揃えることにした。

「私とアマネさんのベッドは一つでいいですよ！　ダブルベッドにしましょう！　そうしましょう！」

「……いや、普通に一人一つにしようよ」

「がーん！」

ていうやり取りも何回かあった。

勇者の知名度はいろんなところで便利みたいで、王都の家具屋さんも一流のところを紹介してもらった。

こうして私たちの住処は、より良い環境にグレードアップしたのだ。

ふかふかのベッドって最高だね。もう一生、ベッドの上で寝ていてもいいかも。

ポアルも最初は慣れない感じだったけど、今ではアズサちゃんと普通に会話している。

ミィちゃんもアズサちゃんを気に入ったみたいで、たまに膝の上に乗ったりしてる。仲良きことは美しきことだね。

「いやぁ、すごく健康的。これこれ、こういうのでいいんだよ……」

しみじみとそう思う。

竜王時代は常に同族同士の醜い争いで心休まる暇もなかったからなぁ。

健やかな心と体は、安らかな休暇によって育まれるのさ。朝日を浴びながら、布団から出るといい匂いがしてくる。台所へ向かうと、アズサちゃんが朝食の準備をしていた。

「いやぁ、アズサちゃん、いつも悪いね」

「いいんですよ、私が好きでやってることですから」

朝食の支度はいつもアズサちゃんが早起きしてやってくれる。

ついでに私たちのお弁当まで作ってくれるし、夜帰りが遅い時には作り置きもこなす。

掃除も洗濯もパーフェクトだ。アズサちゃんはきっといいお嫁さんになるだろう。そのことをアズサちゃんに言ったら、顔を真っ赤にして照れていた。

「――遠征？」

朝食を食べていると、アズサちゃんが話をしはじめた。

「はい。騎士団長さんと話し合いまして、そろそろ一段階上のモンスターと戦っても大丈夫じゃないかと言われまして。王都から少し離れた場所にある【不朽の森】ってところに行くことになりました」

「へぇー、【不朽の森】って聞いたことあるよ。貴重な薬草が採れる場所だって」

「フフフ草やリバの実。どっちも回復薬の原料になるってアナが言ってた」

「おー、ちゃんと覚えてたね、ポアル。偉いよ」

「むふー♪」

私がポアルを撫でていると、アズサちゃんがむぅっと頬を膨らませる。

……もしかして撫でてほしいのかな？

「……撫でてほしいの？」

「えっ!?　いや、そんな……わ、私は別に子供じゃないんですから撫でられたところで――

……………………お願いします」

ものすっごい葛藤があったね。

意地とかプライドとか全部天秤にかけて欲望が勝ったっぽいね。

「遠征頑張ってね、アズサちゃん」

「えへへ……頑張りますぅ……」

「みぃー？」

そんな私たちをミィちゃんが不思議そうに見つめていた。

「なので一週間ほど、留守にします。いちおう、保存のきくおかずを作り置きしておくので、分けて食べてくださいね。足りない分の食費は置いていきますから」

「うん、ありがとう」

「きをつけてね、あずさー」

自分がいない間の注意事項を告げて、アズサちゃんは遠征に向かった。

もちろん、移動はダイ君だ。すっごい速かった。台座すげー。

「それじゃ、私たちもお店に行こっか」

「いく！」

「みぃー」

身支度を整えて、私たちもアナさんの魔道具店へ向かった。

◆

ここ最近、私の魔道具作りの腕前は飛躍的に向上した。

パーツを握り潰さないし、魔石に間違って自分の魔力を注入もしない。【竜皇の瞳】も発動しない。

私だってやればできるんですよ。なんてったって私、竜王ですからっ。

この数日で簡単なパーツの組み立てや掃除なんかの雑用を任せてもらえるようになったのだ。最初の頃に比べれば飛躍的な進歩と言えよう。

……ちなみにポアルは店頭に並べられるような魔道具をいくつも任されている。

べ、別に羨ましくなんてないもんっ。

「そういえば、ポアルちゃんは冒険者の資格も持ってるのよねぇ？」

ふとアナさんが話題を振る。

「ん？　ある。これ！」

ポアルは冒険者組合でもらった銅級冒険者のタグを見せる。首飾りになっていて、先端に銅のタグがぶら下がっている。

冒険者の等級は銅級、銀級、黒銀級、金級、聖金級の五段階に分かれているらしく、銅級はその一番下。いわば見習いだ。

銀級で普通、黒銀級が一人前で、金級はエリート、聖金級は国家戦力級と言われているらしい。

実際、冒険者の七割近くは銀、黒銀級が占めるらしく、聖金級は大陸全土に現在三人しかいないという。

お隣の帝国に二人、その向こうの皇国だかに一人いるんだとか。

「リリーが興奮してたわよぉ。ハリボッテ王国初の聖金級が生まれるかもしれないって」

「リリー？」

「冒険者組合の受付の子よ。名前、聞いてなかったのね」

「ああ、あの子かぁ」

その前に会った黒ハイエナだかいう人たちのインパクトが強くて忘れてた。

「それで、ものは相談なんだけど、アタシから二人に依頼をしたいの。お願いできるかしら？」

「依頼？」

「いいぞ。アナにはお世話になってる。私にできることならやる」

「あら、嬉しいわね」

「むふー」

アナさんに撫でられると、ポアルは嬉しそうに目を細める。

「実は回復薬を卸してもらってる薬師組合の方で素材が少なくなってるみたいなのよ。それでいくつかの材料を取ってきてほしいって依頼されてるの」

「アナさんがですか？」

魔道具店の店主なのに？

「アタシもいちおう冒険者資格は持ってるからねぇ。でもぉ、魔道具の方で大口の依頼が入っちゃって手が離せないのよぉ。それで二人にお願いできないかなって」

「ああ、なるほど……」

そこで、ふと私は首をかしげる。

「あの、私は冒険者資格持ってないですよ」

魔力無し判定なので。

「うふっ、そうねぇ。だから表向きはポアルちゃんに依頼って形になるけど、別に他の人がついていっちゃいけないって決まりはないのよ。実際、冒険者のパーティーには色々事情があって資格を持ってない子も意外といるの。報酬のこととか揉め事も多いからケースバイケースだけど……」

「それに……アマネちゃん、本当は魔法が使えるんでしょ？　オネエさんの眼は誤魔化せないわよ？」

「ッ——気づいて……？」

「うっふ。嘘が下手ねぇ。余計な事情は詮索しないけどぉ、もう少し世渡りの仕方を覚えたほうがいいわよ？　世の中、良い人ばかりじゃないんだから、ねっ」

「……はい」

上手く隠せてると思ってたけど、全然ばれてたみたいだ。すごいな、アナさん。竜界の竜より全然上手だ。

「それで取ってきてほしい素材ってなんだ？」

すっかりやる気になったポアルが手を挙げて質問する。

「フフフ草とリバの実よぉ。カプチューの花も少し足りてないらしいわぁん」

「全部、【不朽の森】で採れる素材ですね」

「あずさが遠征で行くって言ってた場所」

「あら、ちゃんと勉強してるわね。えらい、えらい」

「むふー」

「といっても、【不朽の森】は遠いから、その手前にある【貴腐ヶ原草原】に向かうといいわ。そこなら馬車で半日だから、今から向かえば日が落ちるまでには帰ってこれるわよ。荷物や地図はこっちで準備してあげるからよろしくね♪」

「わかりました」

「わかったー」

こうしてアナさんからの依頼を受け、私たちは【貴腐ヶ原草原】に向かうことになった。

薬草採取か。

楽しみだなぁ。

◆

――馬車に揺られること数時間、私たちは【貴腐ヶ原草原】に到着した。

地平線の先まで広がってる果てしない草原だ。

すっごく広い。

そして……妙に匂いが強い。

強いというか……はっきり言って臭い。発酵臭がする。あっちこっちから。

でもどこか懐かしい匂いだ。

(そっか。腐蝕竜のディーちゃんの住処みたいな匂いなんだ)

思い出した。腐蝕竜のディーちゃん。

肉体が腐って常に周囲を腐肉で満たす厄介な性質を持つ竜。

竜族の中では珍しく穏やかで性格はめっちゃ良い子なんだけど、その性質故に友達が少なかった。

でも趣味で作ってる竜酒がすごく美味しくて、私はちょくちょくもらいに行ってたこともあり、それなりに仲も良かった。竜界での私の数少ない友達だ。そして私とタイマンを張れる数少ない竜でもある。

「うわぁー。そう思うと、なんかこの匂いも懐かしく感じるなぁ……」

「あまね、ここ臭い。すっごい臭い」

「みぃ……」

鼻をつまむポアルと前脚で鼻を押さえるミィちゃんに馬車の御者は苦笑いをする。

「仕方ありませんよ。ここは別名発酵の草原。植物や土が常に腐敗と発酵を繰り返す摩訶不思議な草原ですから。では、定刻になりましたら迎えに来ますので。それじゃー!」

一秒でも早く立ち去りたいのか、御者はさっさと帰ってしまった。

「……まあ、仕方ないか。ポアル、採取頑張ろ」

「がんばるっ」

「みぃー!」

初の冒険者クエストは、なかなかにくっさい始まりになりそうだ。

「えーっと、採取するのはフフフ草にリバの実、それとカプチューの花だっけ」

アナさんから借りた資料を見る。この絵と同じヤツを探せばいいのか。

「あまね、これじゃない？」

「はやっ、もう見つけたの？」

ポアルは足元に生えてるフフフ草を引っこ抜く。

フフフ草の根っこの部分は捻れた人のような形になっていた。

『フフフウフフッフフウフフフウフフフウフフフー』

「あ、これだ。間違いない」

フフフ草は引っこ抜くと根っこの顔のような部分から奇妙な音を出すらしい。

この音は聞いてる者に奇妙な幻を見せるらしいけど……？

「あまね、あまね」

「どうしたの、ポアル？」

「あっちに裸のおっさんがいる」

「え？」

ポアルの指差す方を見れば、そこには裸でぶつかり稽古するゴリゴリのマッチョな男たちがいた。

「幻だね。なるほど、こういうのが見えるのか」

「へんなの」

「みぃー」

よくわからんが、こんなのを見せて何になるんだろうか？

資料によると、見る幻には個人差があり、この幻を見たいがためにフフフ草を採取する変わり者もいるらしい。ただ統計によると女性が引っこ抜けば男性の幻が、男性が引っこ抜けば女性の幻が見えるそうだ。

『ふんー！　どすこいー！　どすこいでごわすー！』

『ふんぬぉー！　ラッコ鍋でごんすー！』

「えいっ」

『ふきゃっ』

『ごわぁす……ごわす…………わす…………すぅ……』

根っこの顔の部分を潰すと、音はやみ、幻は消える。無駄にエコーがかかるのがウザい。

毎回、採取する度に幻が出てくるのは面倒だな。

「ポアル、ミィちゃん、これつけて。アナさんからもらった耳栓」

「うん」

「みぃ」

フフフ草の見せる幻は音を聞かなければ問題ない。

耳栓で簡単に防ぐことができる。え？　それじゃあ最初から耳栓をつければよかった？

だって、どんな幻か気になるじゃん。

（とりあえずフフフ草の現物は見たし、再現魔法で量産してもいいけど、ここは現地のルールに則るか……）

あんまり作りすぎると値崩れを起こすだろうし、あくまで言われた量を現地で取ったほうがいいよね。需要と供給のバランスは大事だ。

とはいえ、チマチマ探すのはそれはそれで面倒なのでこれを使う。

「――探知魔法(サガース)」

フフ草と同じ生命反応を示す存在をサーチする魔法だ。すると草原のあっちこっちから同じ反応がした。

「よし、採取するよ」

「するー」

「みぃー」

一時間もしないうちに、アナさんに言われた量のフフ草を採ることができた。

そしてフフ草を採ってる間に、リバの実とカプチューの花も見つけることができた。

リバの実はアズサちゃんの世界のパイナップルに似た果実だ。

実のなり方まで一緒。食べてみたら甘酸っぱくて意外と美味しかった。

「……美味しいけど、これ酒精が結構強いね。ポアルは食べないほうがいいかも」

「えー」

「ごめんね。でも酔っ払ったらまずいからさ。我慢してね」

ポアルは残念そうにするが仕方ない。

資料にも、子供には食べさせないほうがいいと書かれてるし。

あと見た目はパイナップルだけど実の中心に種がある。

回復薬の原料になるのは種の方だけど、実の部分も普通に食用として流通している。未成年は購入不可。お酒の材料にしてもいいらしい。

カプチューの花は、見た目はチューリップだね。中の花粉と蜜が材料になるらしい。

「割と簡単に見つかったね。これならわざわざ冒険者に依頼するほどでもないと思うけど……」

匂いがキツいだけで採取自体は簡単な素材ばかりだ。

てっきりモンスターでも出るのかと思ったけど、周囲にその影はない。

冒険者に依頼するのは、ようはそういった危険があるからであって、これなら自分たちで自力で採取したほうがよほど安上がりだと思うけど……。

「……ま、簡単に済むなら別にいいか」

特に気にすることもないだろう。

銅級のポアルに依頼するくらいだし、きっと見習い向けの簡単な依頼なんだろうし。

「それにしても……」

私は採取した素材を見つめる。

これを調合すれば回復薬ができるのか。

他にも色々素材は必要だろうけど、もし調合ができるなら自分でもやってみたいな。

帰ったらアナさんに相談してみよう。

「そういえば、アズサちゃんは今頃どうしてるかな？」

遠征場所はこの先にある【不朽の森】。

ま、向こうからも特に危険な気配はしないし大丈夫だろう。

遠征頑張ってね、アズサちゃん。

MFブックス　7月25日 発売タイトル

屍王の帰還
～元勇者の俺、自分が組織した厨二秘密結社を止めるために再び異世界に召喚されてしまう～ 1

再召喚でかつての厨二病が蘇る!?黒歴史に悶える異世界羞恥コメディ爆誕！

著者●Sty　イラスト●詰め木　B6・ソフトカバー

かつて厨二秘密結社を作って異世界を救った勇者日崎司央は、五年後、女神により異世界に再召喚され、秘密結社の名を騙る組織の対処を依頼される。彼はかつての厨二病に悶えながら、最強の配下たちを再び集結させる。

毎月25日発売!!

左遷されたギルド職員が辺境で地道に活躍する話 2

左遷されたギルド職員が再び王都へ舞い戻り、世界樹の謎を解明する!?

著者● みなかみしょう イラスト● 風花風花 キャラクター原案● 芝本七乃香

B6・ソフトカバー

『発見者』の神痕を持つギルド職員のサズは、理不尽な理由で辺境の村へ左遷されてしまう。しかし、その村の温泉に入ったお陰で、神痕の力を取り戻した彼は、世界樹の謎を解明するため再び王都に赴くのだった!

MFブックス 7/25 発売!!

無能と言われた錬金術師 ～家を追い出されましたが、凄腕だとバレて侯爵様に拾われました～2

今度は公爵家からのスカウト!?　凄腕錬金術師が選ぶ幸せな道とは――。

著者● shiryu イラスト● Matsuki B6・ソフトカバー

凄腕錬金術師のアマンダは、職場や家族から理不尽な扱いをされるが、大商会の会長兼侯爵家当主にスカウトされ新天地で大活躍する。そんな彼女のうわさを聞きつけて、公爵家からも直々のスカウトが舞い込んで!?

MFブックス 7/25 発売!!

転生令嬢アリステリアは今度こそ自立して楽しく生きる ～街に出てこっそり知識供与を始めました～2

あなたの夢、手助けします!

著者● 野菜ばたけ イラスト● 風ことら B6・ソフトカバー

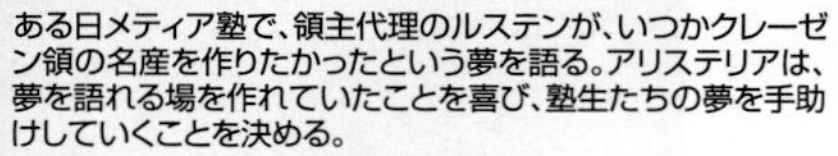

ある日メティア塾で、領主代理のルステンが、いつかクレーゼン領の名産を作りたかったという夢を語る。アリステリアは、夢を語れる場を作れていたことを喜び、塾生たちの夢を手助けしていくことを決める。

追放された名家の長男 ～馬鹿にされたハズレスキルで最強へと昇り詰める～ 2

迫りくる最強の刺客!? 毒で世界に立ち向かう!

著者● 岡本剛也 イラスト● すみ兵 B6・ソフトカバー

ハズレスキルを授かったため追放された上、最強の弟から命を狙われるクリス。しかしハズレスキルが規格外の力を発揮し、彼は弟への復讐を目指す。ある日クリスと仲の良い冒険者たちが、彼を狙う刺客に襲われて!?

最強ドラゴンは異世界でのんびりライフを満喫……できるのか!?

竜王さまの気ままな異世界ライフ 1

最強ドラゴンは絶対に働きたくない

著者● よっしゃあっ!　イラスト● 和狸ナオ　B6・ソフトカバー

異世界に勇者召喚された最強の竜王様は実力を隠した結果、追放されてしまう。流れ着いた廃屋で半魔族と猫を助け、共同生活を送りながら念願のスローライフを実現……できるのか!?

株式会社KADOKAWA　編集:MFブックス編集部　MFブックス情報
No.133 2024年7月31日発行　〒102-8177 東京都千代田区富士見2-13-3
TEL.0570-002-301(ナビダイヤル)
発行:株式会社KADOKA

◆

一方その頃——、

「ハァ……ハァ……くっ」

『カカカッ……』

アズサは不死王と対峙（たいじ）していた。

間章　勇者ちゃん、不死王と出会う

――時間は数時間前に遡る。

アズサは騎士団長たちと共に【不朽の森】でモンスターと戦っていた。

「えいっ！」

「腐シャアアアアアアアアアア～～……」

襲いかかってきた樹のモンスターを細切れにする。

「ふぅ……。この森、すごくモンスターが多いんですね。それにこんな積極的に人を襲ってくるなんて……」

危険な森だなとアズサは思った。だが騎士団長はクスッと笑う。

「普段はモンスターも大人しいんですよ。ただ一定の条件を満たした時だけ活性化するんです」

「条件？」

「ええ、我々も全て把握しているわけじゃないのですが、二人以上の男性が森に入るとモンスターたちが活性化するみたいなのです。……ただ、それでも襲ってくることは滅多にないんですよね」

「え？　でもこんなに凶悪なのに……？」

「はい。どうやら男性二人だけなら遠巻きに観察するだけのようなのですが、そこに女性が交ざると妙にモンスターたちが殺気立つみたいで……」

「な、なんですかその変な条件……？」

「わかりません。この森のモンスターだけの独自の生態なのでしょう。でもその性質を利用すれば、こうして実戦訓練には事欠かない――ってわけです」

そう言いながら、騎士団長は襲ってきた茸(きのこ)のモンスターを真っ二つにする。

「……ホンモゥ～……」

茸のモンスターは何やら満足した様子で絶命した。その奇妙な生態にアズサは首をかしげるばかりである。

「ダイ、ダィー」

するとダイ君がアズサの裾を引っ張る。何かを見つけたようだ。

「なに、ダイ君。あれって……木の実？」

「ダイー」

「アレは……ホモゥの実ですね。活力剤の材料になる木の実です。隣にはウッホの実もなっていますね。どちらも珍しい木の実です。よく見つけられましたね。普段は妙に存在感をなくす木の実なのに」

「素材……。あ、あの、私の友達が魔道具店でバイトしてるんですけど、お土産に持っていっちゃ駄目ですかね？」

「もちろん、構いませんよ。ホモゥもウッホも希少な材料ですから、お友達も喜ばれると思います」

「わーい、ありがとうございます」

「ただし取りすぎは厳禁です。森の生態系が崩れてしまいますから」

「はいっ」

ルンルンと嬉しそうに木の実を採るアズサ。騎士団長たちも微笑ましそうに見守る。

「今日はこの辺にしましょう。勇者様、拠点へ戻りましょう」

「はい。あ、先に行っててください。もう少し木の実を採ってから行きますから」

「……わかりました。では女性の騎士を二名残していきます。何かあれば、彼女たちに言ってください。女性だけであれば、モンスターも割と大人しくなるので」

「ありがとうございます」

騎士団長の心遣いにアズサは素直に感謝した。

アズサが女性ということもあって、遠征には女性の騎士も何名か派遣されている。

同性でなければ相談しにくい内容もあるので、アズサにとってありがたかった。

「……ん？」

ふと、アズサはすんすんと鼻を鳴らす。何やら香ばしい匂いが漂ってきた。

「……焼き魚の匂い？」

騎士団のテントとは全く別の方角、森の奥から漂ってくる。

誰かいるのかとアズサは匂いのした方へ行ってみた。

すると、そこにはたき火で魚を焼いている不死王の姿があった。

「……えぇ？」

アズサが困惑したのも無理はないだろう。

「なんでアンデッドがたき火で魚を……？　ていうか食べられるの？」

しかも、不死王は枝や蔓で作った即席のハンモックの上に横になり、サングラスっぽい眼鏡をかけ、ローブではなくアズサの世界のアロハシャツのようなモノを着ている。脇にはトロピカルなジュースまで添えられている。まるでバカンスでも楽しんでいるかのような、あまりにも場違いな光景だった。

『ん……？　誰かいるのか？』

アンデッドもこちらに気づいたのか、サングラスを上げてアズサたちを見る。非常にシュールな光景だ。

「なっ!?　アンデッド……！　それもとんでもなく強大な……！」

「アズサ様！　お下がりください！」

すぐに護衛の騎士二人が臨戦態勢に入る。目の前の意味不明な光景にも動顚せず、即座に気持ちを切り替えられるのは日頃からの訓練の賜物だろう。彼女たちの練度の高さ、勤勉さがうかがえる。

一方でアズサは剣も抜かず、首をかしげていた。

「……あれ？　ひょっとして城の地下にいたガイコツ？　君、お城のギミックじゃなかったんだ」

するとと不死王の方も声を上げる。

『おぉ、やはりあの時の小娘か。宝物庫の封印を解いてくれて助かったぞ。おかげで楽に目的のモノを回収できた』

「あれ？　今の声って……？」

『我の声だ。ふむ、聞こえるようになったか。勇者や聖女のような強力な聖なる力を持つ者は得てしてアンデッドの声や力をはねのけてしまう。どれだけ力の差があろうとな。だがこれを取り戻せたおかげで、お主と会話ができるようになったようだな』

不死王は懐からペンダントを取り出す。

『――【不壊のペンダント】。かつて我が創った四つの魔倶の一つだ。あらゆる干渉を防ぐ効果がある』

「魔倶……？　魔道具のことですか？」

『……まあ、似たようなものだ』

「こんなところで何してるんですか？」

『見ての通りだ。体を休めている』

「見ての通りって……。アンデッドって体を休める必要あるんですか？」

アズサのアンデッドのイメージは、主に夜に活動する不眠不休のモンスターだ。そして、そのイメージは決して間違っていない。アンデッドは肉体的な疲労感とは無縁であり、魔力さえあればどれだけ長時間でも活動を続けることが可能なのだ。

『……正直に言えば、我もこんなことをする必要などないと思っていたのだ。しかし主と出会い、眷属として活動を始めてから、妙な気分になることが多くてな……』

「妙な気分？」

『うむ――働きたくないのだ』

「働きたくないって……ええ？」

アズサは思わず耳を疑った。主とは誰だろうかと疑問に思ったが、とりあえず保留だ。不死王は至極真っ当な声で続ける。

『いや、やる気はあるのだ。現にお主と出会った時に、城の悪政を布く王族やそれに連なる大臣を懲らしめて改心させたり、それに協力していた大規模な奴隷商会を壊滅させて真っ当な組織に更生させたり、大陸にまたがる暗殺ギルドを全滅させてメンバーをカタギに戻したりと、我なりに主の意を汲むために、色々と善行を積んでみたのだ。あ、もちろん、命は殺めておらんぞ？　しかし奇妙なことに、そうしてはりきって行動すればするほどに「働きたくない」という想いが強くなっていってな。まるで変な魔力でも流れ込んでいるかのようだ』

それがアマネの魔力であることに不死王は気づいていない。というか気づかないほうが本人のためだろう。いろんな意味で。

「……よくわかんないですね。ていうか、ちょっと待ってください！　今、とんでもないイベントの数々が雑に消化されたような気がするんですけど！　それ普通、勇者が関わってレベルなりスキルなり習得するヤツじゃないですか！　奴隷少女とか暗殺少女とか異世界モノのテンプレ鉄板なんですから取っちゃ駄目ですよ！」

『そ、そうか？　……すまん。我も復活したてで色々加減がわからぬのだ。あ、そろそろ焼けたぞ？　一緒に食べるか？　ほれ』

「そんな露骨に話を逸らされても……うわぁ、美味しそう……ごくっ」

ぷりぷりと怒るアズサだったが、焼き魚の香ばしい匂いに思わず喉を鳴らした。

「す、すごいアズサ様。あのとんでもないアンデッド相手に対等に話してる……」

「ああ、なんという胆力……あれが勇者の資質か」

一方で、アズサの肝の据わりっぷりに護衛の騎士二人は感心していた。

『腹が減っておるのだろう？　食べなさい。そちらの二人の分もあるぞ？』

「お、美味しそう……」

不死王は手招きする。それが護衛の騎士二人には死の手招きに見えた。二人は慌ててアズサを止めにかかる。

「あ、アズサ様いけません！　奴はアンデッドです！　我々を謀るつもりですよ！」

「そうです！　アズサ様はお下がりください！　……焼き魚の毒見役は私が引き受けます！　ええ、決していい匂いがするからとか、お腹が減ったとかではなくアズサ様の安全のためにっ」

「おまっ！　やめろ！　何考えてるんだ!?　てか、食べる必要ないだろ!?」

ふらふらと騎士の一人が焼き魚へと吸い寄せられるように歩いてゆく。そして迷うことなく焼き魚を口に入れた。

「あぁ!?」

「はふっ……あっつ。ふっ、ふっ……。んぐ、うわっ、なにこれ？　皮はカリッとしてるのに、中の身はすっごいホクホクしてる……魚の臭みもなくて本当に美味しい」

ごくん、と飲み込み、ぷはっ、と息を吐く。吐いた息から香ばしい焼き魚の匂いがした。

「ほふぅ……こんな美味しい焼き魚食べたの生まれて初めてです……」

『くっくっく、まず一人。よく噛んで食べなさい。料理の神髄は火加減だ。ただ焼くだけという簡単な調理こそ料理人の腕前が試されるのだ』

「くっ……」

護衛を任されたというのに何たる体たらくだ。

あとでアイツの減給を願おうと護衛の騎士その①は思った。

というか、なんでアンデッドが料理の講釈を垂れているのか。色々、意味がわからなすぎて情報処理が追いつかない。

「へぇー、これ、本当に美味しいですね。なんて魚なんですか?」

『シャケモドキアユという川魚だ。良質なコケだけを食べるから臭みもない。産卵期の今は卵がたっぷりと入っていて一番美味(うま)いぞ』

「へぇー。むぐむぐ。シャケと鮎(あゆ)の良いところどりしたみたいな魚ですねー。ホントに美味しい♪」

「アズサ様ぁ!?」

いつの間にかアズサも普通に食べていた。

おまけにダイ君までご馳走(ちそう)になっている。いったいどうやって食べているのだろう? どこが口なのだ?

「ダイー、ダイー♪」

「ちょ、いや……アズサ様もアンヌもダイ君も! なんでみんな普通に食べてるんですか!? これ、私がおかしいんですか? あとダイ君はどうやって食べてるんです? おかわりまでして!」

「ジュゼットも食べなよ。美味しいよ」

「そうですよ、ジュゼットさんも一緒に食べましょうよ」

今更だが護衛の騎士はジュゼットというらしい。もう一人の先に食べだしたほうはアンヌだ。

『くっくっく。残るは貴様一人だ……。よいのか? これは焼きたてが一番美味いのだぞ?』

不死王は焼き魚を刺した串をこれ見よがしにジュゼットに見せつける。

涎がこみ上げてきた。ごくりと、生唾を呑んだ。だが、それでもジュゼットは負けない。

「ごくっ……。いや、駄目だ。私はハリボッテ王国第三騎士団女性騎士！　そんな誘惑に屈するものか！」

『ならばバターを加えよう』

不死王はどこからともなく取り出したバターをへらですくい、焼き魚の上に墜とす。身の上に堕ちた瞬間、バターがとろけて豊かな香りが広がる。

「なっ……!?　ここにきて援軍だと!?　卑劣な……っ」

これが不死王の悪辣さなのだ。ジュゼットは戦慄した。

『更に香りづけにユズユズの果汁を垂らすとしようか……』

不死王は再びどこからともなく取り出したピンポン玉ほどの柑橘系の果物を四分の一にカット。キュッと搾って焼き魚に垂らす。今度は清涼感のある良い香りがした。

誘惑には決して屈しない騎士ジュゼットに対し、不死王は畳みかけるように手を繰り出す。

「ぐっ……かはっ……。こんな……こんな猛攻……悔しいっ。でも美味しそう……！」

「ほら、残り一本だぞ？　いいのか？　要らぬのならこれはこの台座に――」

「頂きますっ！」

結局、ジュゼットも誘惑には勝てなかった。とても美味しかった。

「はぁー美味しかったです♪」

「ダイー♪」

「はぁー、満腹♪」

「くっ……私は騎士失格だ……。ご馳走様です」

『カカカ。お粗末様だ……』

その後、テントに戻った三人はお腹がいっぱいで夕食を満足に食べることができなかった。

結局、不死王がなぜ【不朽の森】にいたのかとか、【不壊のペンダント】とはなんなのかとか、色々説明してもらいたいことがいくらでもあるのに、なに一つ説明がないまま勇者と不死王の二度目の邂逅は幕を閉じた。

◆

——その光景を、魔王軍密偵アイは見ていた。

偶然だった。

アマネと出会い、その後ハリボッテ王国内での様々な諜報任務を終えた帰路の途中で彼女は偶然にもその光景を見てしまったのだ。

「う、嘘やろ……？　まさか勇者と不死王が通じてたとか悪夢やんか。いや、そもそもいつの間に不死王の封印は解けて……？　アマネはんが嘘をついてたようには見えへんかったし、ウチらの情報が間違ってた？　どちらにしてもどエライ状況になってもうた……」

アマネやポアル、ミィの存在だけでも重要案件だったというのに、更に勇者と不死王の協力関係だなんて、魔王軍としては目を覆いたくなるような案件だ。

アイは懐からある魔道具を取り出す。

――転移結晶。

使用者の魔力を込めれば、一瞬で指定した場所へテレポートできる代物だ。……一度、アマネに阻止されたアイテムでもある。

「……緊急の時以外、使うなって言われてた転移結晶やけど、そうも言ってられへんな」

アイは急いで魔王城へと向かった。

◆

――魔王城に戻ったアイは、すぐさま魔王へ事の次第を報告した。

「な、なんじゃと……？　それは本当かっ」

「本当です。マジです。ヤバいです」

魔王イーガ・ヤムゾはアイから受けた知らせに戦慄していた。

「まさか勇者と不死王が繋がっていただけでなく、不死王の手に【不壊のペンダント】が戻っていたとはのぅ……。【不壊のペンダント】はあらゆる干渉魔法を弾く禁断の魔道具じゃ。あれが不死王の手にある限り、【支配のブローチ】で不死王を支配下に置く計画がおじゃんではないか……。うぅ、せっかく考えた作戦だったのにぃ……胃が痛い」

魔王イーガはすぐに棚の引き出しから胃薬を取り出して飲む。ポーションを改良した胃腸特化の回復薬だ。

すぅーっと胃の痛みは和らぐが、ストレスと悩みまでは消えてくれない。

そもそもアマネが改良した【竜王の大鎌】を持っている時点で、干渉魔法どころかあらゆる魔法は効かなくなっているのだが、それは知らないほうが幸せだろう。

「もういやじゃ……。勇者に不死王、それになんかすごい魔族っぽい人に、真祖返りに伝説の魔獣キャスパリーグの幼体とか、もう絶対無理じゃん。この戦争勝てないじゃん……。ワシ、死にとうないぃぃ……」

「真祖返りとキャスパリーグに関しては、あくまでウチの予測やけどね。まあ、あんなごっつい魔力、真祖返りとキャスパリーグ以外ありえへんと思うけど」

アイはアマネと共にいた少女と猫を思い出す。

アマネだけでも身震いするほどの魔力だったのに、もう一人の少女と猫もとんでもない魔力を秘めていた。

――伝説の魔獣キャスパリーグ。

かつて一つの大陸を滅ぼしたといわれる最悪の魔物だ。その討伐には数万人規模の犠牲が出たという。不死王と同じく何百年も前の存在だが、その記録は今でも残されている。

「ウチら魔族や魔物には時折、真祖返りと呼ばれる現象を起こす個体がおるからなぁ。おそらくあの少女や子猫もそれやろ。アマネさんと違って、こっちはまだ完全に力は覚醒しとらんみたいやけど……ねえ、聞いとる？」

「うぅ……そもそもワシ、戦争なんてしたくないのじゃ。お父上が戦死したから仕方なく魔王を継いだだけで、魔王だってやりたくなかったし……。はぁ、どっかの田舎に引き籠ってのんびり暮らしたいのじゃぁぁぁ……」

おんおんと泣く魔王に、アイもいたたまれない気持ちになる。

「魔王様、お気を確かに……。ウチ——あ、いや私も四天王もついておりますから」

「ずびっ……うぅ、アイィ……なんとかしてぇ、幼馴染じゃろぉ？　あと二人の時はいつもの口調で構わんと言っとるじゃろがぁ……」

「いや、なんとかって言われても、……ウチ、密偵やし。イーガちゃん、もうちょい頑張ろうや？　簡単に辞める言うたらアカンよ？　魔王なんて誰でもなれるもんやないで？」

「いやじゃ、いやじゃ、もういやじゃぁあああ。そんなに言うならアイが魔王やってたもぉ……」

「いや、だからウチじゃ無理やて……弱いし」

「もう降伏したほうがええんかのぅ……」

「それだけはあかんて!?　反乱が起きて、イーガちゃん死んでまうよ!?」

「うわぁぁああああん！　いやじゃいやじゃいやじゃいやじゃあああ！　ワシ、死にとうないー」

イーガの泣き叫ぶ声に応じて、窓ガラスや床にひびが入る。

凄まじい魔力の持ち主でなければ、こんな現象は起こりえない。

「うーん……ホンマ、なんでイーガちゃんは自分の強さには無自覚なんやろなぁ……」

実際のところ、反乱が起きたとて魔王イーガの実力ならばなんの問題もなく鎮圧できる。だが性格的な問題で、それは非常に難しかった。

魔王イーガは魔族にしては珍しいほどに争いが嫌いな性分だった。

しかしその穏やかな性格に反するように、その実力は歴代の魔王の中でもぶっちぎりの最強。

本人は前魔王の子供だから血筋で選ばれただけと思い込んでいるようだが、実際は完全な実力でアイがどうしたものかと悩んでいると、誰かが勢いよく扉を開けて広間に入ってきた。

「魔王様！　諦めてはなりませんぞ！　どうか儂にご命令ください！　必ずや魔王様の障害を取り除いてみせましょうぞ！」

入ってきたのは歴戦の武将を思わせるような大柄の老人だった。

「おぉ！　マケール・スグニ！　魔王軍四天王最強といわれるお主がやってくれるのか！」

「はっ！　必ずや魔王様に吉報をお届けしましょうぞ……！」

魔王軍四天王マケール・スグニ。

その名前とは裏腹に戦場では常勝無敗。

一騎当千の強者であり、腕っ節だけを武器に魔王軍で成り上がった叩き上げの猛将である。

「話は聞いておりました！　まずは勇者を倒しましょう。まだ成長しきっていない今が最大の好機。儂と部下数名であれば気取られることなく王国へ侵入し、これを討ち取ることができましょう。最良を期すならば四天王全員で向かうべきでしょうが、あいにく残りは出払っておりますゆえ」

「そ、そうか！　頼りにしているぞマケールよ！」

「ははっ！」

魔王軍の魔の手が勇者アズサに迫ろうとしていた……。

——話し合いを終えた後、アイとマケールは広間を後にする。

「ふぅ、さっきは助かりました、マケール」

「別に礼など不要だ。儂はあくまで四天王としての責務を果たすのみ。あと敬語はいらん。いつも通りの口調で構わん」

「……そら助かるわ。ウチにそう言ってくれるんは、魔王様と自分だけやで」

アイの本来の口調はこっちだ。エッセウエスタン地方という魔族領の方言で、独特の言い回しや意味合いが多い。要らぬ誤解を生まぬために公共の場や任務の際には、方言ではなく標準語で話すようにしているのだ。

「お前と魔王様の関係は知っている。貴様の忠誠心もな。他の四天王も見習ってほしいくらいだ」

「あはは、照れくさいてホンマ……」

「そういえば、支給されていた【支配のブローチ】はどうしたのだ？　保管庫には戻しておらんかったみたいだが？」

「ああ、先に研究室の方に回したんや。例の同胞がなんやエラい改良してな。【支配のブローチ】の効果がなんや変わったみたいなんよ。……ウチの魔力解析でもわからんかった」

その返答にマケールは目を見張る。アイの魔力感知、解析能力の優秀さは彼もよく知っているからだ。

「なんと……お主でもわからなかっただと？　では研究室の方でも解析に相当時間を要するな……。いったい何者なのだ、その同胞は？　あの古代魔道具に手を加えるなど、魔王様でも不可能だぞ？」

「そんなんウチが知りたいわ。でもそれだけの力を持ってるからこそ、人間どもに利用されてんやろな……腹の立つ話やで」

「同感だ。必ずや救い出さねばな。あ、それと話は変わるが今回の任務、また臨時報酬が支払われるらしいぞ？　まあ、どうせお主なら断ると思うがいちおう、伝えておこうと――」

「お、そうなん？　おおきに。全額もろうとくわ♪」

「……え？」

「……ん？」

一瞬、アイとマケールの間に奇妙な間が生まれる。

「……意外だな。お主、いつもは断っていたではないか？　何か入り用でもあったか？」

アイの滅私奉公っぷりは魔王軍の間でも有名だ。密偵としてあらゆる任務をこなす彼女には、常に様々な危険手当が支払われている。だがアイにとっては、友人でもあるイーガのために尽くすのは当たり前のことであり、必要以上の金銭は断ってきた。どうしても受け取らなければならない場合は、戦災孤児や恵まれない魔族への支援に回していたほどだ。

なので、マケールは寄付や支援金の方でお金が必要になったのかと思ったのだが――。

「いやいや、別に入り用なんてないよ。でもお金はあればあるだけ欲しいやん？　そんなの当たり前やろ……ってあれ？　ウチ今なんて言った？」

「いや、儂に聞かれても……」

一瞬、アイは自分が何を言ったのかわからなかった。マケールもポカンとしている。

「……ウチ、こんなにお金に執着する性質やったっけ？」

アイは首をかしげる。なぜだかわからないが、今まであれほど執着がなかった金貨が欲しくて欲しくてたまらない。まるで自分の中に別の誰かの思念が混じったかのようだ。だが当然、アイにはその心当たりなどないし、何が原因なのかわかるわけもない。

「よくわからんが、受け取るというのであれば財務に連絡を入れておく。ではな」

「……了解。じゃあ、おおきに。ほなねー」

マケールと別れた後、アイはふんふんと鼻唄をうたう。その足取りは軽い。

いったい今回の危険手当はいくらだろうか？　早く金貨が欲しい。楽しみだ。

「お金、おカネ、お・か・ね〜♪　……変やな？　ホンマ、ウチなんでこんなお金が欲しいんやろ？」

自分の中に新たに生まれた――否(いな)、混じり込んだ感情に、アイは妙なざわめきを覚えるのだった。

◆

一方その頃、とある研究所にて。ある女性が部下から報告を受けていた。

周囲には無数の本棚が並んでおり、女性は梯子(はしご)に座りながら古い書物を読みふけっている。

「――以上が報告になります」

「勇者を召喚ねぇ……。ふーん、あの王様……いや、たぶん姫様の方かな？　またそんな馬鹿なことやったんだ」

報告を受けても彼女は大して興味もなさそうに本を読み続ける。

「ちょ!?　所長、滅多なこと言わないでください！　王室直属の魔法研究所の所長がそんなこと言ったら、また予算減らされますよ？」

「えー、別にいいじゃん。だって王族(あいつら)、ボクの言うこと全然聞かないもん。あんな旧式すぎて解明されてない召喚魔法、どこにゲートが通じるかわかったもんじゃない。下手をしたら異界からとんだ化け物が召喚されて、この世界が滅んでたかもしれないんだよ？　あ、ちょっと待ってね。今降りるから……おっとっと」

ようやくまともに話をする気になったのか、彼女は梯子から降りる。よほど長時間座っていたのか、降りる時にバランスを崩して転びそうになった。

「ちょ、危なっ」

「あはは、ごめんねぇ」

部下に支えられて、彼女は危うく転倒を免れる。それでも持っていた本だけはしっかり抱きかかえていた。そのまま部下が用意した椅子に腰かける。

「……所長、たまには外で運動もしてくださいよ」

「えー、やだよ。面倒臭い。ボク、無駄に体を動かすのって嫌いなんだよねー。それに必要があればちゃんと外にも出るよ？」

「……最後に外出したのっていつですか？」

「えーっと一ヶ月くらい前？　いやぁ、あの時は本当に無駄足だったなぁ。あの伝説の果実アンブロシアの実が発見されたっていうんで、すごくワクワクして行ってみたのにガセだったんだもの。とんだ無駄足だったよ」

「一ヶ月前って……、それはちゃんととは言いませんよっ。ホントにこの人は……。なんでこんな人が所長なんだろう……？」

「それはもちろん、ボクがこの国で一番優秀な研究者だからさっ。そんなボクの助手を務められるんだ。光栄に思いたまえー」

「はいはい」

「あれ、雑だねー？　敬意が感じられないよ助手君」

「そんなことないですよ。それで話は戻りますけど、ちゃんと勇者は召喚されましたよ？　所長が懸念されるような事態にはなってないかと思います」

「なんか強引に話を戻された気がするけど。うーん、ちゃ、ちゃんとねぇ……。それはどうかなぁ？」

彼女の引っかかるような物言いに助手は首をかしげる。

「何か気になることでも？」

「いや、城からの報告だと召喚された勇者は一人ってことになってるんだけど、ボクにはボクの伝手があってね。それによれば、召喚された勇者は二人。そしてそのうち一人は、魔力水晶で魔力無しって判定されて城を追放されてるんだ」

「……報告書と全然違うじゃないですか」

「うん。まあ王族にしたら、召喚した勇者が魔力無しなんて都合が悪いから隠蔽したんだろうね。本来は処分したかったんだろうけど、もう一人の勇者ちゃんやパトリ姫様の嘆願もあって、徹底した情報の隠蔽と箝口令で済ませたみたいだ。まあ、ボクには筒抜けだけどねー」

「災難ですね、そのもう一人の勇者も。いきなり召喚された挙句追放されて……魔力がなくてはこの世界でまともに暮らせるとは思えません」

「……それはどうかなー」

「どういうことですか？」

「いちおう、あの魔力水晶って計測できる魔力に上限があるんだ。その上限を超えた場合、魔力は測定されないんだよね」

「……上限なんてあったんですか？　所長の技術で作ったのに？」

「うん、いちおう歴代で最強の魔王の更に五百倍までは計測できるようにできてる。設計上はあの伝説のアンデッド、不死王の魔力も測定できるはずだ」

「ごひゃ……それ、上限って言いませんよ」

現状、記録に残されているモンスターの中で、最も魔力が高いとされている存在が不死王だ。それ以上の魔力を持つとされる存在は確認されていない。……少なくとも記録上は。

「そうなんだけどねー。実際、それ以上の魔力を計測しようとすると、水晶が耐えられなくて魔力暴走が起きちゃうし……」

「……歴代最強魔王の五百倍以上の魔力の暴走ですか……考えるのも恐ろしいですね」

「まあ、大陸一個くらいなら軽く吹き飛ぶだろうねー。下手したら世界が崩壊しちゃうかも」

「っ……」

一瞬、助手はその光景を思い浮かべ息をのむ。彼女の言葉が決して冗談でも大げさでもないと理解しているからだ。

「で、でも……そうなってないなら問題ないってことですよね」

「うん。……でも仮にそこまで強い魔力を持ってた場合、測定する前に『結果』が視えたりするんだよね。魔族の始祖――ああ、魔族的には真祖だっけ？　ともかく遥か昔の魔族にはそういう力を持った連中もいたらしい。魔力が強すぎて世界に干渉できるんだって。あくまで伝承だけど」

「……その勇者も結果が見えたからこそ、わざと魔力を制御したと？」

「さあねぇ。実物を見たわけじゃないからなんとも言えないし……うーん」

彼女はしばし考えた後、重い腰を上げた。

「よし、せっかくだし会いに行ってみよっか？　その追放された勇者ちゃんに」

「えっ!?　しょ、所長が直々にですか？　……ていうか、外に出るんですね」

「そりゃボクだって必要があれば外に出るって言ったじゃんか。それに、もし本当に世界を滅ぼせるくらいの魔力持ちだったらマジでヤバいし」

「もし本当にそうだったらどうします？」

「逃げる。まあ、それは相手がヤバかったらの話。会ってまだ話もしないうちから結論を急ぐのはよくない。ひょっとしたら、金貨でも積めば仲良くしてくれるかもよ」

「所長……いくらなんでもそれはないと思いますよ」

「はは、冗談だって。でも相手は仮にも勇者だ。こっちもきちんと誠意をもって対応しよう。とはいえ、いちおう逃げる準備もしておこうかな」

こうしてアマネの元にある研究所の所長が赴くこととなった。

◆

——一方、とある遺跡にて。

「教主様！　真魔水晶に反応がありました！　遂に真祖の復活です！」

「……おぉ、遂に我らが真の王がお目覚めになられたのか！」

「はい！　かつて真祖様がこの地に降り立った時に記録された魔力と同じ反応です。間違いありません」

見るからに怪しい黒ずくめの集団が密談をしていた。

彼らの名は真祖邪竜教団。魔族の真祖を信仰する秘密組織である。

「くっくっく。遂にこの時がきた。我らがこの世界を支配する時が……！　それで真祖様の反応があったのはどこだ？」

「ハリボッテ王国の王都郊外にある森です」

それを聞いた教主は渋い顔をする。

「ちっ。よりによってあの国か……。あの国は魔族と戦争中だったな？　できれば王国の連中には気づかれないように行動したい。転移門は稼働できるか？」

「莫大(ばくだい)な魔力を消費するため、稼働までに数日はかかるかと」

「急がせろ」

「かしこまりました。それと、あの国では勇者も召喚されたとの情報がありますが……いかがなさいますか？」

「放っておけ。我々の目的はあくまで真祖様のみ。それ以外はどうでもよい。……しかし勇者も哀れだな。あの国の上層部は腐りきっている。使い潰(つぶ)されて捨てられるのがオチだ」

「あの国の愚かさは昔から変わっておりませんね」

「何かあれば勇者を召喚して問題を解決してきた連中だからな。いっそ勇者に反逆されて、滅びてくれればいいのだがな。奴らが召喚した勇者には、我々も散々辛酸(しんさん)を嘗(な)めさせられてきたからな」

「ですが、その屈辱の日々ももう終わりです。真祖が復活した今、我々こそが――」

「ああ、そうだ。我々が世界を支配する！　待っていてください、真祖様！」

教主は水晶に映るその人物を見つめる。

そこに映し出されていたのは一人の少女――ポアルだった。その後ろにチョロッとアマネの姿も映っている。

「しかし、なんという可憐で美しいお姿だ。かつて真祖様は『生まれ変わるならオッサンよりも美少女がいい』と経典にも記されていた。真祖様はそれを体現されたのだな……」

「はい。既に教団幹部らにより真祖様を祀る宝具も順次制作中です。真祖様Ｔシャツに真祖様等身大抱き枕、真祖様饅頭、真祖様まうすぱっど……。こちらがその試作品になります」

教団幹部の一人が試作品を持ってくる。

「うむ……どれ」

教主は黒いローブを脱ぐと、神妙な面持ちでポアルが魔法でプリントされたＴシャツを着る。そしてポアルがプリントされた等身大抱き枕にコアラのように抱きついた。

そのままコロコロと床を転がってみる。

「……うむ、実に素晴らしい出来だ。個人的にはもう少し質感を軽くしたほうが好みだな……。ＴシャツのサイズはＸＬもあるのか？」

コロコロ。コロコロ。教主は転がる。至極真面目な顔で。

「かしこまりました。ではそのように手配いたしましょう。あ、ＸＬはありますよ。規格は一通り揃えてあります」

幹部は仕事ができる男だった。教主は笑みを深め床を転がる。

「しかしやはり真祖様は素晴らしい。本来であれば不敬に当たるこのような信仰をむしろ推奨された。真祖様の教えに則れば、ようやく時代が我々に追いついたのだな……」

コロコロ。コロコロ。

「懐の深い方だったのですね……」

いつのまにか他の教団幹部たちもポアルがプリントされたTシャツに身を包み、抱き枕を堪能している。

「うーん、個人的にはもう少し胸を盛ったほうがいい気がするけど……あっ」

一人がそう呟くと、教主と他の幹部が一斉に反応した。呟いた幹部はハッとなって口に手を当てている。

「――連れていけ」

「「はっ」」

「あああああ！　すいません！　すいません！　どうか！　どうかお慈悲をおおおお！」

他の幹部に腕を掴まれ、胸を盛りたいと呟いた幹部は連行された。

残された教主と幹部らは呆れたように溜息をつく。

「なんでもかんでも胸を盛ればいいという風潮、どうにかなりませんかね？」

「まったくだ。他者の好みを否定する気はないが、あまり傾倒しすぎるのも考えものだな……。まあ、真祖様は『多様性を認めよ』という教えも説いている。許可が下りたら、アイツのイラストだけは胸を盛ってやれ。だが、それまでは駄目だ。盛るのも減らすのもな」

「かしこまりました。……お優しいですね、さすが教主様です」

教主と幹部は一旦、元の服装に着替え直す。

「さて、では往こう。我らが真祖をお迎えに。今日が我ら教団の門出の日だ！」

「はっ！」

こうして、真祖邪竜教団の魔の手（？）がポアルに向くこととなった。

アマネ、アズサ、ポアル、三者三様に様々な勢力を巻き込み、物語は進んでゆく。

クエストを終え、アマネはポアルと共に魔道具店へ戻っていた。

「バイト代のかわりに、回復薬が欲しい？」

「はい。どんな感じなのか試してみたくて」

「それは別に構わないけどぉ。結構お高いわよぉ？　アマネちゃんはウチの店員だから割引してあげるけど、それでも銀貨三枚。今日のバイト代ほとんど消えちゃうわよ？」

「銀貨三枚……!?」

その価格にアマネは戦慄した。

「安すぎですよ！　銀貨三枚って仕入れ値よりも低いじゃないですか！　回復薬は一本銀貨九枚が適正価格なんでしょう？」

「あらぁ、仕入れ値については言ってなかったはずだけど……誰に聞いたのかしらぁ？」

アナはちらりとデンマの方を見る。

「ふん、ふふーん♪」

デンマは明後日の方向を見ながら、へたくそな口笛を吹いていた。わかりやすいことこの上ない。

はぁとアナは溜息をつくと、棚から回復薬を二本持ってくる。

「はぁ、仕方ないわねぇ。じゃあ、これ。今日のバイト代」

「え、いや……なんで二本も？」

「回復薬の勉強がしたいんでしょ？　なら一本程度じゃ足りないでしょう。これ、それぞれ効果が違うから試してみるといいわ」

「て、店長……」

アマネはアナの心意気に感動した。ピザーノといい、こういう人たちと竜界にいた頃に会いたかった、と心底思った。

「ありがとうございますっ」

「はいはい。お礼は明日からのお仕事で返してね。ビシバシ働いてもらうんだから」

「私もがんばるっ」

「みゃぁー」

こうしてアマネは回復薬の現物を手に入れるのであった。

これが後にとんでもない事態を引き起こすのだが、それはまだ誰も知らない。

◆

というわけで、アナさんから回復薬を頂いた。

一本は赤色の回復薬。もう一本は青色の回復薬だ。

アナさんによれば赤の方は体力を、青色の方は魔力を回復するらしい。

いったいどういう素材を使っているのか。どういう調薬をしているのか。

「実に興味深いね。それじゃあ、いただきます」

さっそく一本飲んでみる。まずは赤色の方だ。

「……まっず」

普通に美味しくない。というか苦い。そして飲むと僅かに体に活力がみなぎる感覚がする。

青色の方はどうだろうか？

「……まっっっず」

もっと美味しくなかった。しかも臭い。飲んだらちょっとだけ魔力が満ちる感覚がした。

「アズサちゃんの世界の言葉だと良薬口に苦しって言うんだっけ？」

人間にとって苦味ってのは毒や害のあるものを示す味であり、他の四種（甘味、塩味、酸味、旨味）に比べて感じやすくなっているらしい。

私も今は人間の体だから、竜の時に比べて苦味に対する感覚が鋭くなってるんだろう。

竜は人に比べて苦味を感じるセンサーがかなり弱い。理由は毒が効かないから。病気にもかかりにくい。

――なので竜界には【回復薬】というモノ自体まず存在しない。

傷を負っても、病気にかかっても魔法ですぐに回復する。

消費した魔力も周囲の魔素を吸ってすぐに元に戻る。なので外部の回復手段に頼る必要がないのだ。それが竜という生物。だからこそ、回復薬という存在は非常に興味深い。

「――分析魔法」

飲んだ成分を解析し、既存の知識や単語を使って成分を表示、更にそれぞれの配合比率や調薬手順も算出する。

「リコの葉、リバの実、聖水……それに魔石の粉末……ふむふむ」

他にも色々と使われているみたいだ。ずいぶんと数多くの素材を使ってるんだな。

素材を粉末にして調合し、聖水と呼ばれる特殊な水に溶かして希釈する。

「確かにこれは手間がかかるなぁ……。専門の組合ができるのも納得だよ」

でも私ならもっと簡単に、それでいて効果の高い回復薬を作ることができる。

もちろん、竜の魔法ではなくあくまでこの世界の常識の範囲内で。

なんでそんなことができるのかといえば、この世界の知識も日々収集しているからだよ。

世界中枢記憶（アカシックレコード）と呼ばれる世界の中枢記憶から、この世界の知識や役立つ情報を集めているのである。ちょっとアクセスには手間取ったけど、その甲斐（かい）あって私のこの世界の知識はかなり増えた。

「アズサちゃんの世界のインターネットみたいで便利だし、この世界の人たちも、もっと活用すればいいのに」

まあ、世界をまたいでアクセスできないのが難点といえば難点だけど。

え？　それなら回復薬の情報だって簡単に入手できるんじゃないかって？

もちろん、やろうと思えばできるけど、それじゃつまんないじゃん。

まずは自分で探る。答え合わせはそれからだよ。新たな知見を得る喜びは、無知だからこそ可能なのです。

それに存在しない情報、知ろうとしない情報は手に入らないし。

これから私が作ろうとしてる新種の回復薬だってそうだ。

存在しない情報は世界中枢記憶(アカシックレコード)にはない。これから作るもの、生まれる命、新たな事象はこれから収集される情報であり、それらを事前に知ることはできない。

不便？　それでいいんだよ。知らないから楽しいんだから。

アズサちゃんの世界の言葉でいうとあれだ。縛りプレイってやつ？　ちょっと違うか？

「それじゃあ、さっそく作るとしようかな」

「あまね、回復薬作るの？」

「そうだよ。素材はあるからね」

「すごい！　私もやってみたい！」

「じゃあ一緒にやろっか」

「やる！」

その夜、私はポアルと一緒に回復薬作りに熱中した。

あまりに楽しくて、完成する頃にはすっかり夜が明けてしまった。

その結果、すっかり寝過ごして遅刻してしまい、アナさんに初めて怒られてしまった。

「んもぅ！　駄目よ二人とも、夜更かしなんてしちゃ！　まだ若いから無理しても大丈夫なんて思っちゃ駄目！　その反動は三十過ぎた辺りから急にくるんだからねっ」

ぷりぷりと怒るアナさん。というか、怒るところ遅刻じゃなくてそこなんだ。

私だけじゃなく、ポアルもしゅんとなってる。

「うぅ……アナ、ごめん」

「わかればいいのよぅ。ポアルちゃんにはちゃんといい子に、健康に、幸せに育ってほしいの。

「……これまで大変だったぶんもね」

アナさんはポアルをなでなでする。

最後の方はなんかよく聞き取れなかったけど。

「はいっ、それじゃあお説教はここまで。それで、昨日頑張って完成させたのがソレぇ？」

「はい！　名付けて【ドラゴンエナジー】です！」

私は完成した回復薬をテーブルの上に取り出す。

「ふぅん。……現物が欲しいって言ってたからもしかしたらと思ったけど、本当に回復薬を作ってくるなんて思わなかったわぁん。それもたった一日で……」

「頑張りました！」

「頑張った！」

「ニャア！」

アナさんは私の作った回復薬を手に取って見つめる。

「……なるほど。ちなみにアマネちゃん、これって材料は？」

「これに書いておきました」

私は、あらかじめ書いておいた成分表をアナさんに渡す。

「あら、準備がいいのね。綺麗な字ねぇ。読みやすくてオネェさん嬉しいわ。……ふんっ」

アナさんはビンの上部を手刀で斬り飛ばして開けると、中身を手の甲に一滴垂らしてぺろりと舐めた。パワフルな開け方に反して、味見のしかたはとても繊細だ。

「ッ……！　すごい効き目ね。使ってる素材は既存の回復薬より種類も少ないし、安価なものばかり。なのに効き目は既存品の倍……いや、三倍近いわね。配合比率と素材の組み合わせを変えただけでここまで飛躍的に効果が上がるなんて。すごいわ、アマネちゃん」

「えへへ」

褒められると嬉しいな。

でも一舐めでそこまでわかるなんて、アナさんもなかなかすごい。

分析魔法(ブンセーキ)を使ってるわけでもないから、純粋に舌と知識がすごいのだろう。

「素材は全て低級の依頼で手に入る範囲。よほど乱獲しない限り問題ないでしょう。材料費から計算すれば適正価格は銀貨三枚ってところかしら。普通の回復薬が銀貨一〇枚って考えると破格ね。

……ひょっとして量産も視野に入れてる？」

「え？　いや、そこまでは別に考えてなかったですけど……」

とりあえず作ってみただけで、別にこれを売り物にするつもりは全くない。

「それを聞いて安心したわ。これ、このままじゃとても市場に出せないもの」

「……え？　なんで？」

「品質が良すぎるのよ。考えてもみなさい。これまでよりも遥(はる)かに安くてしかも性能も上。しかも大量生産できる回復薬なんて、業者からも冒険者からも垂涎(すいぜん)ものでしょう？　誰も既存の回復薬なんて買わなくなるわ。薬師組合が潰(つぶ)れちゃうわよ。特許を申請して、薬師組合に権利を売るならまだわかるけど」

「あー、確かにそうですね……」

そこまでは考えてなかった。作るのが面白くてそっちの方は全然頭になかったし。

「……聖白教会と違って薬師組合は真っ当な組織だし、敵対なんてしたくないの。多少、卸値で喧嘩(けんか)することはあっても、それは商売なら普通のことだしね」

「うーん、残念です。せっかく作ったんだけどなぁ……」

「あら？　別に売っちゃ駄目なんて言ってないわよ？」

「え？」

「あくまで、このままじゃ出せないって言っただけ。希釈して効果を既存の回復薬に近づけて、価格も調整すれば問題ないわよ。高級回復薬(ハイポーション)として価格を上げて売るって手もあるけど、材料を考えればこっちの方法はあまり取りたくないのよねぇ」

「でもアナさん、薬師組合と敵対する気はないって」

「それは量産を視野に入れた場合よ。個人で限られた数を売る分には、向こうもそこまで文句は言ってこないわよ。アマネちゃんみたいに無所属の薬師だっているんだし」

「なるほど。でも、それなら薄めないで原液のまま出してもいいんじゃないんですか？」

「それだと価格と効果が釣り合わなくなるわぁん。個人店とはいえ、市場の適正価格の範疇(はんちゅう)に収めないと。商売と経済って、アマネちゃんが思ってるより面倒臭いのよぉ。……ふふ、アマネちゃんにはあまり馴染(なじ)みがないかもだけど、人間の世界ってそういうものなの」

そういうもんなのだろうか？

というか今、アナさんがなんか気になることを言っていた気がするけど……？

わ、私の正体に気づいてる？　いや、さすがにそれはないよね……？

「それに、ウチの店員が頑張って作ったモノを、無下にはできないでしょん？　アタシ、いちおう薬師監督の資格も持ってるから、アマネちゃんの作った回復薬を売っても何も問題ないし。アマネちゃんにも、自分が作ったモノが売れる喜びを知ってもらいたいものねぇん」

「アナさん……」

やっぱりこの人、とっても良い人だ。

本当に竜界にいた頃に会いたかった……。

ともかく、こうして私の作った回復薬【ドラゴンエナジー】は、アナさんのお店限定で販売されることが決まった。

希釈し、値段を調整した結果、元値がタダ同然になったのでボロ儲け商品へと変貌し、市販のものよりちょっとだけ効果も高いということもあって、お店の人気商品になった。あと私のバイト代も上がった。嬉しい。

それから数日後——

「ここでアマネさんの作った回復薬が売ってるって本当ですか!? 買います！ 百本……いや、とりあえず千本下さい！ 私が買い占めます！」

爆買い勇者が現れた。

というか、アズサちゃん、お店に来るなら事前に言ってよ……。

「いや……アズサちゃんさぁ、さすがに全部は売れないよ。他のお客さんの分もあるんだし」

買い占めってよくないんでしょ？ アズサちゃんの知識で知ってるよ？

「いやいや、何を言ってるんですか、アマネさん。私がいっぱい買えば、お店の売り上げも上がる。

アマネさんもお店に貢献できてバイト代も上がる。私もアマネさんの回復薬が飲めて幸せ。誰も損をしていないじゃないですか」

「い、言われてみればたしかに……」

「そもそも、私はアマネさんの回復薬を転売する気なんて毛頭ありません。全て一滴残らず自分で消費するつもりです。ほら、何も問題ないじゃないですか」

「い、いや、でもさっきも言ったけど他のお客さんに迷惑が……」

「なるほど……。じゃあ、お店に卸すのとは別にアマネさんが個人で私に売るというのはどうですか？　定価の倍以上のお値段で買い取りますよ？」

「……ッ」

ごくりと、私は喉(のど)を鳴らす。

た、たしかに私が個人的に売る分にはお店にもお客さんにも迷惑はかからないし、アズサちゃんが個人で全部消費するなら何も問題ない。

「わかってますよ。アマネさん、お金が好きなんですよね？　金貨のお風呂が夢なんですよね？」

「ど、どうしてそれを知って……!?」

「……いや、毎日一緒に暮らしてればわかりますよ。アマネさんいつも金貨磨いて、うっとり眺めてるじゃないですか」

な、なんという観察眼だ。どうやら私はアズサちゃんの観察眼を見くびっていたらしい。

「というわけで、アマネさん、私に回復薬を作ってください。アマネさん特製の、私専用の、私だけのためのたっぷりと愛のこもった回復薬を……！」

アズサちゃん、目が怖い。どうしてこの子は、私の作った回復薬がそんなに欲しいんだろうか？

たしかに普通の回復薬よりかは性能が良いとはいえ、別にそんな執着するものでもないのに……。

「いや、個人とはいえ勝手に販売したらあかんで？」

するとデンマさんが会話に割り込んできた。その姿に、アズサちゃんは衝撃を受けている。

「こ、この人がデンマさんですか？　話には聞いていましたが、たしかにすごく個性的な見た目の方ですね」

「はは、どうもー。んで、さっきの話に戻るけど、アマネちゃんがお店で回復薬を作って販売できるんは、あくまでアナ店長が回復薬の販売資格を持っとるからや。回復薬は無断で作るのも、販売するのもこの国の法律で禁止されとるから、勝手に売買したらあかんよ」

「そ、そうだったんですか……」

知らなかった。というか、アナさんって元冒険者で、薬品精製や魔道具制作の資格まで持ってるとかかなり多才なのでは？　感じる魔力もこの国では一番大きいし、ひょっとしたらすごい人なのだろうか？

「まあ、でも普通に常識の範囲内でお店で買う分にはなんも問題ないで？　アマネちゃんの回復薬(ドラゴンエナジー)は人気商品やさかい、ここにある十本や二十本くらいなら——」

「じゃあ二十本で！」

「まいどありー♪　アマネちゃん、再販分、急いでつくってなー♪」

「……はーい」

まあ、私もバイト代がもらえるから別にいいけどね。

ドンッ！　とカウンターに金貨の袋を置くアズサちゃんであった。

「うっはー♪　やったー♪　アマネさんの回復薬だ～～～♪　うへへ、誰にも渡さないわ。全部、私が大事に保管しておくのよ……」

「あずさ……気持ち悪い。金貨眺めてる時のあまねみたいな顔してる」

「みぃー……」

回復薬の瓶に涎を垂らしながら頬ずりするアズサちゃんに、ポアルはゴミを見るような視線を向ける。たしかに気持ち悪い……ていうか、ちょっと待って。金貨眺めてる時の私もあんな顔してるの？　マジで？

ポアルには嫌われたくないし、今後は少し自重しよう。私は内心、そう決心した。

「というか、いいんですか？　午後の分はこれから作るにしても、店頭に並べる分はほとんどないですけど……」

「あはは、かまへん、かまへん。今日はお客さんも多くあらへんし、よほどの緊急事態でも起きん限り問題あらへんって」

デンマさんがそんなふうに盛大にフラグを立てたからだろうか。勢いよく誰かがお店に入ってきた。

「て、店長はいるかーー!?」

入ってきたのは、あの冒険者組合で見た冒険者だった。黒……なんとかのハイエナさんだったたっけ？

「あら、黒のハイエナのヒデーブ君やないか。悪いけど、店長は今お留守や。どないしたん？　そんなに慌てて？」

「ポ、回復薬を売ってくれ！　ありったけ、全部だ！　頼む」

「ぜ、全部って……どうしたんや？　なにかあったんか？」

「に、西の森で大規模な魔物の討伐があったんだが、予想以上に怪我人が出ちまったんだ。回復魔法が使える教会の連中も出払っちまってるし、頼みの品の回復薬もどこも品薄で……。頼む、金はいくらでも払う！　この店のありったけの回復薬を売ってくれ！」

「え、いや、でも……」

今、お店にある回復薬の大半はアズサちゃんに売ってしまった。午後の再販分はこれから作る予定だったので、残りは数本。でもこの慌てっぷりからして数本程度で足りるとは思えない。

私はアズサちゃんに視線を向ける。

「その……アズサちゃん。できればでいいんだけど、その回復薬、この人たちに……」

「場所はどこですか！　案内してください！　すぐに運びます！　これだけあれば足りますか？」

アズサちゃんはカウンターに置かれた回復薬を素早く箱に詰める。

そこには涎を垂らした欲望丸出しのアズサちゃんではなく、勇者の顔をしたアズサちゃんがいた。

「あ、あぁ！　これ、噂のドラゴンエナジーだろ？　これだけの量があれば十分だ！　頼む！　兄貴たちを助けてくれ……！」

「わかりました！　アマネさんは念のため、追加の回復薬を作ってください！　あとで騎士団の人たちに取りに来させます！」

「え、あ……うん」

「ダイ君、ターボモード！　最大出力でお願い！」

「ダイーー！」

後ろに控えていたダイ君の足が車輪に変化する。……ついでに背中からなんかジェットエンジンみたいなのも生えた。え、なにそれ？

「な、なんだ、この台座？　なんで足が生えて……ぇぇ、車輪になった!?」

「掴まってください。飛ばしますよ。ダイ君、ゴー！」

「ダイーーーーーーーーーーー！」

「え、いや、ちょぉぉおおおおおおおおおおおおおおおおおおおおお!?」

風のような速さでアズサちゃんは、ハイエナさんの人と一緒にダイ君に乗って消えてしまった。

なんか意外だ。アズサちゃんのことだし、てっきり惜しがると思ったのに。

「やっぱり勇者なんだね……アズサちゃんは……」

私はアズサちゃんの意外な一面を知ることができてちょっと嬉しかった。

「よしっ、それじゃあ急いで追加の回復薬を作ろうか！」

「つくるっ」

「みゃぁー！」

その後、騎士団の人が追加の回復薬を取りに来た。

聞いた話では、アズサちゃんが届けた回復薬のおかげで、怪我人は全員助かったそうだ。

また、この事件がきっかけで、私のドラゴンエナジーの噂は更に広がり、お店で常に品薄状態になるくらいの人気商品になった。アズサちゃんも回復薬を無償で提供したとして、冒険者組合から表彰され、騎士団の人たちからの評価も更に上がったらしい。

「うぅ……アマネさんの回復薬がぁ……。一本くらい残しておけばよかったぁぁ……」

当の本人はこんな感じでしばらく落ち込んでたんだけどね。

その後、アナさんに頼んで、アズサちゃんに回復薬をプレゼントしたら、すっごく喜んでくれた。

第五章 竜王さま、金に目がくらむ

今日はお店が休みなので、朝から家でゴロゴロしていた。

アズサちゃんは騎士団との訓練で明日まで帰らない。

「はぁ～、魔道具や回復薬(ポーション)作りもいいけど、こうしてゴロゴロするのもいいよねぇ～」

ふっかふかのベッドで、ただダラダラする。これ最高だね。

寝具は人類最高の発明品ではないだろうか。人類の英知は竜を上回ってるよ、絶対。

「あーむ。……うまー」

そして手が届く範囲にお菓子や飲み物も常備しておく。

『こうしておけば、いつまでもダラダラできるんですよ。大丈夫です、周りのお世話は私がしますからアマネさんはいつまでもダラダラしてください！』

さすがアズサちゃん。彼女のアイディアは素晴らしかった。

気の向くままに食べて、気の向くままに寝る。

はぁ～至福。マジ、至福。

「あまね！　あまね！」

「ん？　どったの、ポアル？」

そんな至福の時間を楽しんでいると、外でミィちゃんと遊んでいたポアルが慌てて部屋に入ってきた。

「庭の木がなんかすっごくデカくなってる！」

「……庭の木？」

いったい何だろうか？　私はずるずるとベッドから這い出して外へ出た。

「おー、でっかい！」

「でっかいねー」

「みゃぁ」

庭に出てみると、たしかにポアルの言う通り大きな木が生えていた。

周りの木に比べて倍以上は伸びてる。それになんか葉っぱがキラキラ光ってる。

それに魔力の気配。

「あー、これ緑王樹だね。私の故郷でもよく生えてたよ」

「あまねの故郷の木？」

「うん。私の故郷の木。懐かしいなぁー。夏になるとアンブロシアって実がなるんだけど、それが甘酸っぱくて美味しいんだよね」

「おいしそう！　私も食べてみたい」

「うーん、見た感じこれまだ若木だから、実がなるのはあと三年くらいかかるかな」

「えー」

ポアルはすぐには食べられないと聞いてがっかりする。

創造魔法で再現してもいいけど、それだと私は食べられないし、味も若干違う。

あの実って私の魔法でも再現が難しいんだよ。

「大丈夫。実じゃなくて、葉っぱも美味しいんだよ」

「えー、葉っぱー？」

「うん。そのままじゃなくて、乾燥させてお湯を注げば美味しいお茶になるんだよ」

よく腐蝕竜（ふしょくりゅう）のディーちゃんとも、これでお茶会をしたんだよね。

お茶請けはディーちゃんの作った漬物だった。

気分が良くなると、ディーちゃんすぐに周りを腐らせちゃうから、慌てて私の魔法で元に戻したんだよね。

たまに何匹か近くにいた竜も巻き込んで腐らせちゃったりしてね。

それを戻すのが面倒で、全部まとめて再生させたらキング○ドラみたいな姿になっちゃって、二人してつい笑っちゃったんだよね。融合した竜たちも「これはこれでカッコいいからあり！」と意外と受け入れてくれた。懐かしいなぁ。私の数少ない穏やかな記憶だ。

「若い芽を摘んで乾燥させるの。一緒にやろう」

「やる！」

私はポアルと一緒に若い芽を摘む。

「うーん、それにしても、なんで庭に緑王樹が生えてるんだろ？」

緑王樹は竜界でも、魔素が豊富で土壌が豊かな土地にしか生えない植物だ。

この世界は竜界に比べて大気中の魔力――魔素が極端に少ない。

それに大地の栄養も不足している。なのにどうして――

『ちなみに私の皮は栄養満点で、竜界ではよくこれを肥料にして緑王樹を――』

『ばっちいよ！　ベッドの上に散らかってるし、はやく片付けよう！』

……………あ。思い出した。

そういえば、こっちの世界に来たばかりの頃、私の脱皮したての皮をポアルが窓から庭に捨てちゃったんだった。

「あの時かぁー」

「……？」

緑王樹とはいわば、植物たちの王。

そして豊かな魔素と土壌さえあれば、全ての植物は緑王樹になる可能性がある。

あの時の脱皮した皮が肥料となり、そこに生えていた草を急成長させて緑王樹へと進化させたのだろう。うん、なるほど納得。つまり私が原因だった。

まあでも、別にあって困るようなモノじゃないし大丈夫だよね。

緑王樹は葉で魔素を精製し、周囲の植物を豊かにする。なので、悪い影響はないはずだ。

ただ中枢記憶（アカシックレコード）によれば、この世界には緑王樹は存在しないとされている。

この世界に存在しない植物が、この世界にどんな影響を与えるかわからない。でもたぶん大丈夫だろう。竜界じゃ大丈夫だったし。

「あー、でもいちおう隠しておいたほうがいいかな。枯らすのはもったいないし」

いくらここが王都から離れた場所にある森とはいえ、こんなデカい木が急に生えれば騒ぎになるかもしれない。私の皮が原因だし、それで騒ぎが起きてこの住処（すみか）を失いたくはない。

「――隠蔽魔法（カクレール）」

私はすぐに緑王樹に隠蔽魔法（カクレール）をかけて周囲から見えないようにした。

もちろん、私やポアルにはきちんと見えるようにしてある。うん、これで何も問題ないね。

「あまね、どうした？」

「んー？　何でもないよ。それじゃ採った新芽は半日くらい乾燥させよう。おやつの時間にはできてると思うよ。アズサちゃんがクッキー焼いてってくれたから、それと一緒に食べよう」

「やったー♪」

「ミャゥ♪」

さて、と。それじゃあ二度寝するか。と思ったら、ポアルが裾を引っ張ってくる。

「ねえ、あまね。ついでにここ畑にしない？　この樹（き）の周り、すごく土の感じがいい」

「んー、たしかに……」

緑王樹の周りの土はよく肥える。これなら何を植えてもよく育つだろう。

「回復薬の原料にとっておいた木の実の種は今朝使っちゃったっけ？　野菜の種とかと一緒にアナさんに頼めばもらえるかもしれないね。じゃあ、明日お店に行った時にアナさんに頼んでみよう」

「今やりたい！」

「ミャウ！」

えぇー、今ぁ……？　私眠いんだけどなぁ……。

まあでも、ポアルの頼みなら仕方ない。いっちょやってやりますか。

魔法でスコップと鍬（くわ）、ついでに麦わら帽子も作る。

「はい、ポアル。まずはこれで土を耕そう。空気をたっぷり含ませる感じでね」

「わかった」

畑に使う場所を決めて、ポアルと二人でせっせと耕す。広さはテニスコート一面分くらいだ。趣味でやる分には、これくらいの広さで十分だろう。スコップで土を掘り起こしたら、それを鍬を使って更に細かく砕いていく。小石を取り除くのも忘れない。

それが終わったら畝を作る。

竜界ではこういう作業なんてやったことがないから、すごく新鮮だ。最初は面倒かなって思ったけど、これはこれで結構楽しい。

「ふぅ……、でもこれ結構疲れるね。なんか普段と違う筋肉を使うっていうか……」

「でも楽しいよ♪」

農作業って結構いい運動になるな。この体にも結構慣れてきたと思ったけど、まだまだわかっていない部分が多い。

それからしばらく作業に没頭し、お昼頃には立派な畑が出来上がった。……といっても何を植えるかはまだ決まってないけど。

「できたー♪」

「みゃぅー♪」

「お、お疲れさまぁ……。はぁー疲れた……」

くたくたになった私とは対照的に、ポアルとミィちゃんはまだまだ元気いっぱいだ。

「それであまね、なに植えるの？」

「え、なにって……えーっと、そうだなぁ……」

蒔ける種なんてなにもない。でもワクワクした目で見てくるポアルをがっかりもさせたくないし、私は魔法で野菜の種をいくつか作る。いちおう、こっちの世界の野菜の種だ。

種を蒔いて、ジョウロで水をかける。

「とりあえずは一区画だけこれを蒔いてみようか。残りは明日アナさんに相談してみよう」

「わかった。育つのたのしみっ」

……ごめんね、ポアル。私の魔法で創った種って芽は出ないんだよ。創造魔法で創れるのは、あくまで『種』という物質であって、そこから育つ『植物』ではないんだ。……まあ、そんなことは言えないので、あとでこっそり蒔き替えておくけど。

「さて、それじゃあいい時間だし、お昼にしようか。アズサちゃんが作り置きしてくれたカレーを食べよう」

「やったー。あずさの作ったカレー好き♪」

「みゃぁー♪」

美味しいよね、カレー。私もこの世界に来てから初めて食べたけど、あんなに美味しい料理は初めてだった。辛いのに甘くてコクもあってすごく複雑で、食べる手が止まらない不思議な料理だ。

『――こっちの世界にもカレールゥがあるなんて……。やっぱり勇者召喚された人の中には料理とか建築とかそっち方面でチートスローライフをした人もいたのかなぁ……』

アズサちゃんはそんなことを言ってたけど、私としては美味しいご飯が食べられるのならなんでもいい。カレー大好き。カレー美味しい。

家の中に入ろうとすると、何やら人の気配がした。

「あまね、どうしたの？」

「みゃぅ？」

「ん？　あー、いや、誰かがこっちに向かってくる気配がしたからさ」

人の気配が二人分。それと馬……かな？　それが二頭。魔力の感じからしてアズサちゃんや騎士団の人じゃない。知らない気配だ。

気配のした方を見ていると、何やら大仰な馬車がこちらに向かってきた。

私たちの家の前で止まると、中から眼鏡をかけた不健康そうな女性と、荷物を背負った小さい男の子が降りてくる。男の子の方はポアルと同じくらいの身長だ。

「ふぅー、ようやく着いたぁ……。あー、お尻がいたぁーい。馬車の振動って、もうちょっとどうにかならないかなぁ？　あ、そうだ。今度、作ってみようかな。振動を吸収して長時間座ってても全然つらくならない馬車。技術を応用すれば馬の鞍とかにも使えるかも。どうかな？」

「商人の需要は高そうですね。軍部からもかなりの需要が望めるかと。でも所長、既にいくつもの開発案件を抱えている中で、更にそんなものを作る余裕があるのですか？」

「ないね！　はっはっは、困ったな。作りたいものは山ほどあるのに、時間と体が全然足りないよ」

「じゃあ諦めてください。それと目的地に着いたのに、余計なことに気を取られていないで、さっさと挨拶をすべきではないですか？」

「おお、そうだった。さすが、ジョシー」

そこでようやく眼鏡をかけた不健康そうな女性は私の方を見た。

「初めまして。君かい？　お城を追放されたっていう元勇者さんは？　いやぁ、お会いできて嬉しいよ」

ぎゅっと両手で私の手を握ると、嬉しそうに笑みを浮かべてくる。なんだこの人、ずいぶん馴れ馴れしいな。

怪しい感じがぷんぷんするのか、ポアルとミィちゃんは私の後ろに隠れてしまっている。

「えーっと、どなたでしょうか？」

「ああ、そういえば自己紹介がまだだったね。ボクは王室直属、魔法研究所所長のサッシーっていいます。よろしくー」

「自分は助手のジョシー・クローニです」

「はぁ……」

なんか大層な肩書を持った人だった。いったい何の用だろうか？

というか、助手の人がすっごい大きな革袋持ってる。あれ、中に金貨いっぱい詰まってるね。私にはわかる。とても純度の高い金の匂いがぷんぷんするもの。一枚くらいくれないかなー。なんちゃって。

「いやぁ、突然押しかけてしまってすまないね。少しばかり時間をもらえないかな？　君と話がしたいと思ってここに来たんだ」

「え、いやですけど……」

当然、断った。

私、お腹空いてるんだよ。早くアズサちゃんの作ったカレーを食べたいんだ。とっとと帰ってほしい。

しかし相手も食い下がる。拝むように両手を合わせて、必死に頭を下げる。

「そこをなんとか！　ね、この通りだからさ」

「いやですよ。というか、いきなり押しかけてきて話がしたいだなんて、胡散臭い(うさんくさ)にも程がありま
す。帰ってください」

「たしかにその通りだね。でも君にとっても悪い話じゃないと思うんだ。そうだな、もし話をして
くれたら、ほら見て。この金貨、全部あげるからさ！　どうだい？」

眼鏡をかけた女性――サッシーさんは助手の担いでいた革袋を開ける。

そこには私の予想通り、大量の金貨が詰まっていた。

「……なーんちゃって。あはは、さすがにこれじゃあもっと怪しいかな。でも本当に――」

「どうぞ、お上がりください。ポアル、お茶の準備をして」

「あまね!?」

「みゃぅー!?」

どうやら彼女たちは大事なお話があるようだ。これから昼食であったが、これでは仕方ない。

私は二人を家の中に案内することにした。……決して金貨に釣られたわけではない。

◆

目の前に積まれた山のような金貨に呆然(ぼうぜん)となる。

「あまね、お金いっぱい……」

「うん、すごいね、ポアル……」

その圧倒的光景に私とポアルは思わず肩を寄せ合って震えてしまう。

これだけあれば勝ちまくりモテまくりが……金貨風呂ができちゃうんじゃなかろうか？

「せ、世界中からかき集めてきたんですか？」

「……いや、普通にボクのお小遣いだけど……」

「!?」

個人でこれだけの金貨を所有してる、だと……!?

おこづかい？　おこづかいってなに？　中枢記憶(アカシックレコード)にアクセス。

【お小遣い】小遣銭(こづかいせん)に同じ。雑費にあてる金銭。生活に必要な金銭とは別に自由に使えるお金のこと。つまり——お小遣いだ。

（あわ、あわわわわ……この人、とんでもないお金持ちやぁ……）

てか、さっき玄関でこれくれるって言ったよね？

もらっていいの？　いくらくらい？　三枚？　できれば五枚くらいなら嬉しい。

「あまね、あまね。これだけあったら豚の串焼き何本食べれる？」

「毎日お腹いっぱい食べて、もう飽きて食べたくないって言えるくらいにはあるかな」

「すごい！　飽きるまで食べれるとか私絶対飽きない！　つまり毎日豚の串焼き祭り!?」

「そうだよ！　毎日串焼き！　金貨のお風呂で勝ちまくりモテまくりだよー！」

「うわー！　すごいすごい！」

「すごいよー！　お祭りだよ、ひゃっほーい！」

「なんですか、この頭の悪い会話は……」

博士っぽい人……名前はサッシーさんだっけ？　その後ろに控えた男の子――ジョシー君が溜息をつく。

「ジョシー、失礼だよ。すまないね。この子、頭はいいんだけど礼儀を知らないんだ。許してやってくれ」

「はぁ、別に構いませんけど」

「ありがと。それで本題なんだけど、君って魔力がないんだって？」

「はい。魔力水晶でそう判定されました」

「……なるほど、『そう判定された』ね。じゃあ、本当はあるのかい？」

「……え？」

一瞬、私はポカンとなる。

「うん。今の反応で確信したよ。どうやら推測が当たっていたようだ」

「え、所長。それじゃあ、本当に……？」

「そうみたいだねー。これは困った」

お手上げだ、とサッシーさんは手を上げる。

「あの、さっきから何の話ですか？」

全然理解できないんですけど。

「ああ、すまない。順を追って話すよ」

サッシーさんは、ここに来た経緯を私たちに説明した。

「……──なるほど。それで私が本当に魔力がないのか確認に来たと」

「うん。結果はボクたち──というか、国にとっては最悪な結果なわけだったんだけどね。歴代最強の魔王、その更に五百倍以上の魔力の持ち主を追放とか馬鹿みたいだし」

サッシーさんは、あっはっはと笑う。

「そういう割には、まるで焦ってないように見えますけど？」

「んー、焦って解決するなら焦るけど、焦って解決しないなら焦るのは時間の無駄だ。人生は有限なんだ。時間は有意義に使わないとね」

「はぁ……」

「それで、単刀直入なんだけどさ、この国とは敵対しないでほしいんだよね。上層部の意向とかはどうでもいいんだけど、ボクの好きに研究させてくれるし、ボクはこの国が気に入ってるんだよ。だから滅茶苦茶にされたり、滅ぼされたりしたら悲しいかな」

全然悲しそうに見えないですけど。というか、別に敵対するつもりはない。

それよりもこの金貨だよ。さっきから気になって仕方ないんだけど。

サッシーさんも私の視線に気づいたのだろう。

「さっきからずーっと視線が金貨に釘づけだけど、そんなにお金が欲しいのかい？」

「……………欲しくないと言えば嘘になります」

「じゃあ、もし仮にこの金貨全部あげるって言ったら、この国とは敵対しないって約束して──」

「します！　もう全然します！　未来永劫この国には逆らいません！　誓約書だって書きます！

血判つきで！」

「お、おぅ……そう？　そこまでお金に困ってるふうには見えないけど、そんなにお金が好きなの？」

「嫌いな人なんていないんですか？」

むしろこんなキラキラしたコイン、大好きに決まってるでしょうが。

竜界だったら、これ一枚で戦争が起きるよ。

決めた。私、竜界に帰る時にはポアルとミィちゃんと山のような金貨を持って帰る。

それで他の竜どもに自慢してやるのだ。くっくっく、他の竜どもが悔しがる顔が目に浮かぶ。

「あまね……すごく悪い顔してるよ」

「おっと失礼」

思わず顔に出てしまった。

「うーん、たしかに好きか嫌いかで言えば、嫌いな人なんていないんじゃないかな？　よほどお金で痛い目を見た人以外はあって困るものじゃないし。それにボクも研究職である以上、お金は必要不可欠だからね」

「そうでしょう。でもまあ、私の場合、普通の人とは好きの基準が違うかもしれませんけどね」

「というと？」

「私は貨幣としてじゃなく、金貨そのものが好きなので。あ、もちろん貨幣としても好きですよ。豚の串焼きとか、魔道具とか、宝石とか好きなものと交換できますから」

「ふーん……」

サッシーさんは興味深そうに私を見つめてくる。

「ひょっとしてアマネさんって人間じゃないの？　というか、ひょっとしてもう一人の勇者……アズサさんとも違う世界から来たとか？」

「……どうしてそう思うんですか？」

その質問に、私はちょっと驚いた。この世界に来て、そんなふうに質問する人は初めてだったからだ。

「うーん、どうにも君には貨幣経済って概念そのものが希薄に見えてね。まるで貨幣が存在しない世界から来たような口ぶりだ。同じ勇者として召喚されたアズサさんには、ボクたちと形は違えど貨幣経済の知識や概念が染みついていた。それが君には感じられない」

へぇ……面白いな、この人。今のやり取りだけでそこまでわかるんだ。

……じゃあ、いっそのこと喋(しゃべ)ってみるか。どんな反応をするかな？

「あ、わかります？　実は私、竜なんです」

「あはは、面白い冗談だね」

「やっぱり冗談に聞こえるんですね」

「…………マジで？」

「いちおう、マジです」

サッシーさんの顔から笑みが消えた。冷や汗が浮かんでいる。

それは私にとっても予想外の反応だった。

「へぇ、信じるんだ……」

今まで何度か試したけど、私が竜だと信じた人はポアル以外一人もいなかった。

アズサちゃんですらそうだ。

どんなに私が自分のことを竜だと言っても信じない。

ただの冗談としか受け取らない。

最初は常識的な判断でそう感じているのかとも思ったが、反応を見るにつれて、そうではないと思いはじめた。

——この世界の生物は、竜という存在を根本から信じられないようにできている。

それも脳ではなく、魂そのものに刻まれているのではないかというレベルで。

おとぎ話の空想の産物としてなら認識しても、それを現実のものとは絶対に信じない。

そういうふうにできているのだ。

ポアルの場合は私の眷属になったから認識できるけど、この人は違う。

間違いなくこの世界の人間でありながら、私の冗談を真に受けることができる程度には、竜という存在を認識できているのだ。

(…………面白いね)

たぶん、この時だったのだろう。

私がこの世界で初めて【人間】という存在に興味を持ったのは。

そんな興味の対象となった【人間】は唸りながら頭を捻っている。

「うーん、とても信じられないけど、ありえない魔力量からするとありえないことがありえちゃうのかなー」

「所長、信じるんですか？」

「うーん、不思議な感覚だね。信じてもいいのに、ボクの脳がそれを拒否している。とても興味深い現象だ」

「ふふ、本当に変わった人ですね」

「よく言われるよ。ま、ともかく君が竜だろうが、魔王だろうがなんだっていいんだ。大事なのはボクたちに敵対しないでいてくれること。平和が一番だからね」

「それは私も同意見です」

平和が一番。休暇も一番。まったりのんびりゆるい生活こそ至高。

「ま、そういうことなら仲良くしてほしい。あ、お茶頂くね。……ん？　これ美味しいね。なんて茶葉使ってるんだい？」

「あ、わかります？　緑王樹の葉を使ってるんですよ。美味しいですよね」

「ぶほぁっ!?」

うわっ、きたなっ！　ちょ、盛大に噴かないでよ。

あー、金貨がびちょびちょじゃないか。

「りょ、りょりょりょ、緑……緑王樹!?　あの伝説の！　あらゆる怪我(けが)や万病に効くエリクサーの材料――アンブロシアがなると言われる、あの緑王樹!?　うっそぉぉおおおお!?」

サッシーさんは先ほどまでの冷静な表情が嘘のように取り乱して混乱した。いったい何をそんなに驚いているのだろうか。

「本当ですよ。現物見ますか？　庭に生えてるんで」

「りょ……緑王樹が庭に生えてる？　そ、そんな世界の秘宝が家庭菜園みたいに生えるわけ……」

「ほら、あれ」

私は隠蔽魔法(カクレール)を解除して窓の外を指差す。

サッシーさんの顔が、アズサちゃんの世界のハニワみたいになった。

「────あへぇ」

どうやらあまりの衝撃だったらしく気絶した……きったないアヘ顔で。

「あまね、この人どうしたの？」

「どうしちゃったんだろうね？」

助手の人も完全にフリーズしてるし。夕飯までには帰ってくれないかな……。

「とりあえず汚れた金貨磨こうか」

「みがく！」

「みゃう！」

気絶した二人を放っておいて私たちは金貨を磨くのだった。

それから数分後、サッシーさんと助手さんが再起動した。

「こ、これが緑王樹！　す、素晴らしい！　こんなの歴史的な発見じゃないか！」

「すごい！　すごいですね所長！　今の魔法史がひっくり返りますよこんなの！」

今度は気絶せずに、サッシーさんとジョシー君は緑王樹を興奮した面持ちで観察している。

……しかしそんなに珍しいのかね？　こんな木、竜界ならそこら中に生えてるんだけどな……。

「これが価値観の違いってやつか……。一枚、二枚、三枚……ふへっ」

私にとってはこんな木よりも金貨や宝石、財宝の方がよほど価値がある。

だが、彼女たちにとっては緑王樹の方が価値があるということだろう。

種族によっても、人によっても価値観は違う。

何が大切かなんて人それぞれということか。

「よし、アマネさん！　今日は泊まっていっていいかな？　というか、できればここに住みたい！住まわせてほしい！　この樹を研究しなければ！」

「いや、そんな急に言われても困りま――」

「家賃として金貨一〇〇〇枚！　毎月払おう！」

「どうぞゆっくりご滞在ください。部屋もいくらでも使っていただいて構いません。私は外で寝ますから」

「あまねが買収された！」

ごめんね、ポアル。私は金貨には逆らえないんだ。

やはり金貨……。金貨は全てを解決するの。

アズサちゃんの世界でもそうなんだよ。札束で殴るのが一番手っ取り早い解決法なんだ。

私にとっては、金貨こそが何よりも大切なものなんだ。

「でも所長。今日は王族との会食があります。前回すっぽかしてますから、さすがに今回もとなるとヤバいですよ。これ以上、予算減らされるのはマズいです」

「え、マジ……？　仕方ない、不本意だが帰るとするか。アマネさん、今日はとても有意義な時間だったよ。またお邪魔してもいいかな？」

「ええ、いつでもいらしてくださいね」

当然、金貨もいっぱいご持参ください。大歓迎ですよ。うははは。

「あ、よければこれ、お土産に差し上げます。ささ、どうぞ」

「え、これって乾燥させた緑王樹の葉……!? いいのかい? こんな貴重なものを?」

「ええ、気に入っていただけたみたいですから」

とっても美味しそうに飲んでたもんね、お茶。

葉っぱなんていくらでも生えてくるから、また作ればいいし。

それよりも金づる——もといサッシーさんのご機嫌をとっておけば、また金貨が手に入るかもしれないんだし。……ぐへへへ。

「あ、ありがとう! この恩は忘れないよ! しかし……まさか、あの程度のお金がこんなお宝に化けるなんて……」

え、今あの程度のお金って言った?

ぼそっと言ったけど、ちゃんと聞こえてたよ。

竜王の耳(ドラキンイヤー)は地獄耳。全てを漏らさず聞き取るからね。聞きたくないこと以外。

あの金貨、数千枚はあったよね? アズサちゃんの世界で数億円だ。あれでポケットマネーって、この人どんだけお金持ちなんだよ。

「仲良くしましょう、サッシーさん」

「うんっ。こちらこそよろしくだよ」

私はサッシーさんと固く握手を交わす。

まあ、お金うんぬんを抜きにしてもこの人は、ポアル以外で初めて私が竜だと信じてくれた人だ。

ひょっとしたら普通の人ではない、何かがあるのかもしれない。

そういう意味でも、仲良くしておいて損はないと思う。

ともかく、こうして私はサッシーさんとジョシー君と知り合いになったのだった。

二人が帰った後、ポアルがぎゅーっと抱きついてきた。

「……あまねってお金持ちが好きなの？」

「うん、大好きだよ」

「じゃあ私もお金持ち目指す！　そうすれば、あまねはもっと私を好きになる？」

「そんなことしなくても、私はずーっとポアルのことが大好きだよ」

「えへへ……」

ポアルはポアルのままでいいよ。

お金があるかないかで変わることは…………うん、ないよ。絶対。

「ふわぁ～。それじゃ、もう寝よっか。……そういえば最近、誰かに見られてる気がするな……」

「この間の魔族？」

「んー、違うね。まあ、悪意は感じないし、何かしてこなければ別にどうでもいいかな」

アイちゃんの件で私は学んだ。

不用意な接触は私の休暇に響く可能性がある。

なので、相手が何もしてこないならノータッチ。

別に見られて困るものなんて……あ、緑王樹があったか。まあ、あれは隠蔽（いんぺい）してるから問題ない。

でも仮に、ポアルとかミィちゃんとか金貨とか、私のものに手を出すなら問答無用で消すけどね。

存在そのものを消せば、最初からなかったことになるから問題ないのだよ。

存在しないことは罪にならないんです。

（あ、そういえば、アズサちゃんは今頃どうしてるかなー？）

騎士団と訓練してどんどん強くなってるらしい。

今日も訓練で、帰ってくるのは明日だったはず。

（場所は【不朽の森】の近くだったっけ？）

明日も休みだし、たまには訓練の様子でも見に行ってみようかな。素材採取もできるし。

明日の予定を立てつつ、私はポアルと一緒に眠りにつくのだった。

第六章　勇者ちゃん、魔王軍四天王と対峙する

アマネの元にサッシーが訪ねてきたその日、アズサは【不朽の森】の近くにいた。

「今日の訓練はここまでにしましょうか」

「はい、お疲れ様です」

モンスターとの実戦も終え、あとはテントで休むだけだった。

「……ん？」

撤収の準備を進めていると、ふと何者かの気配を感じた。

それは騎士団長も同じだったらしい。アズサを後ろに下がらせると、剣を抜いて茂みの方を睨（にら）みつけた。

「そこにいるのは誰だ？　出てこい」

騎士団長の言葉に全員が一斉に警戒態勢に入る。ややあって暗がりから何者かが姿を現した。

「驚いたな。気配は完璧に消していたと思ったが……やはり楽には殺せぬ相手のようだ」

現れたのは、額に角を持つ老齢の魔族だった。

槍（やり）を携えたその様（さま）は歴戦の猛将という言葉がぴったりと似合う。

「お初にお目にかかる。魔王軍四天王の一人、マケール・スグニという」

「……は？」

アズサはその名前を聞いて一瞬ポカンとなったが、騎士団長たちの反応は違った。

「マケールだと……!?　嘘だろ……」

「魔王軍四天王最強と言われる男じゃないか……」

「いっさいの敗北を知らないと言われる猛将……。なんという気迫……ッ」

どうやら目の前の魔族は相当に有名な存在らしい。

(たしかに、なんて魔力……)

アズサは、これまでの訓練で多少は魔力を感知できるようになった。

この世界の人間は、魔力の大きさがほぼ強さの指標となる。魔族も同じだ。

そしてマケールから感じる魔力は今まで出会った誰よりも大きかった。

アズサはアホみたいな名前に気を取られた自分を恥じた。

目の前の相手は、全力を出しても勝てるかわからないほどの化け物なのだ。

全員が臨戦態勢に入った。

「勇者よ。その首——もらい受ける！」

マケールが叫ぶと、その姿が消えた。

「アズサ様！　あぶな——がはっ……!?」

次の瞬間、アズサの隣にいた騎士が吹き飛んだ。

「ほう、咄嗟に勇者を庇ったか。良い判断だ」

「……え？　ア、アンヌさん……？」

アズサは何が起きたのか理解できなかった。気づけば、マケールが隣に立っていたとしか言えない。少なくとも、アズサにはそうとしか理解できなかった。

「ジュゼット！　アズサ様を守れ！」

「はいっ！」

アズサが理解するよりも先に、周りの騎士たちが動く。騎士団長の指示と共にジュゼットが動いた。

即座に抜刀し、自身と剣に強化魔法を付与。アズサを庇うように前に出る。

「うぉおおおおおおおおおおお！」

「うむ、力の差を理解していながらも挑むその気概は見事」

しかしその動きの全てを、マケールは見切っていた。

手に持った槍で、ジュゼットの剣を軽くいなす。その動きはまるで柳が風を受け流すがごとく、流麗にして繊細。勢いを完全に殺されたジュゼットはあっさりと体勢を崩す。

「だが経験はまだ浅い。重心の移動にもっと気を配れ。だからこうして簡単にいなされる」

「がはっ」

ジュゼットはそのまま槍の柄で薙ぎ払われ、地面を転がった。

「ジュゼットさんッ！」

アズサは信じられなかった。アンヌとジュゼットの強さは彼女もよく知っている。二人は騎士団の中でも上位に入る実力者なのだから。驚愕と混乱。そして全身を突き抜けるかのような焦燥感。

「ッ……！」

脳が理解するよりも早く、アズサは反射的に後ろへ跳んだ。

「良い反応だ」

「うぉぉおおおおおおおおおおっ！」

アズサを守るように、今度は騎士団長が前に出る。

「騎士団長さん！」

アズサの言葉にマケールが反応した。

「ほう、貴公が騎士団長か……。噂(うわさ)はよく耳にしていたぞ。【閃光(せんこう)】と呼ばれ、かつてあの大陸最強と謳(うた)われた魔導師【青薔薇(あおばら)】と双璧を成した王国の剣だとな。ぜひ、一度戦ってみたいと思っていた！」

マケールの一撃を騎士団長はなんとか凌(しの)ぐ。

「ッ……！　魔王軍四天王最強といわれる男にそこまで評価されると悪い気はしないな。だが残念だが、私の力は青薔薇殿には遠く及ばんよ」

騎士団長は謙遜ではなく本心からそう言った。

「アズサ様！　今すぐダイ君に乗ってお逃げください！　今のアナタではこの男には到底太刀打ちできない！　我々が時間を稼ぎます！」

「で、でも……」

「早く！」

騎士団長は叫ぶ。

いつも優しげな笑みを浮かべているその顔には、一切の余裕がなかった。

「付与(エンチャント)！　最大強化！」

騎士団長は剣を抜くと同時に魔法を付与する。それは、ジュゼットが行ったのと同じ、肉体と剣の強化魔法。騎士団で最初に習う初歩の初歩であり、基本にして奥義。

「はぁああああああああああああああああああっ！」

肉体を極限まで強化し放つ一太刀。まばゆい光を纏って放たれる斬撃は、さながら閃光のようであった。

——奥義・光斬り。

騎士団長の最強にして最速の攻撃手段。彼の長年の経験と勘が告げていたのだ。コイツを倒すには、最初から切り札を使うしかないと。

カッ！　と夜の闇に光が溢れる。

まばゆい光が満ちる戦場で騎士団の誰もが確信しただろう。騎士団長の勝利を。そしてマケールの敗北を。

「ふむ、良き腕だ」

「なっ……!?」

しかし光が収まると、そこには悠然と佇むマケールの姿があった。

騎士団長は信じられなかった。

間違いなく今の攻撃が、自分にできる最強の一撃だ。

その一撃を、あろうことかマケールは首筋に当たるほんの数ミリ手前で止めていたのだ。

受けた槍には傷一つついていない。マケールは騎士団長の攻撃を完璧に見切り、防いだのだ。

それはあまりにも明白にして圧倒的な力の差を示していることに他ならなかった。

「――【眠れ】」

「しまっ――」

マケールの声を聞いた瞬間、騎士団長は崩れ落ちる。マケールの魔法で眠らされてしまったのだ。

「……攻撃が防がれて動揺したか。よほど今の一撃に絶対の自信があったらしい。揺らいだ心に昏睡魔法(ネムール)はよく効く……。さて、と……」

マケールは残りの騎士たちを見回す。

「ッ……！　嘘だろ、団長が……あんなあっさりと」

「くそっ！　だからって背を向けて逃げるなんてできるかよ！」

「ああ！　全員でかかれ！　アズサ様をお守りするんだ！」

自分たちに向かってくる騎士団を見て、マケールは少し感心したような表情を見せた。

「ほぅ……圧倒的な実力差を理解しながらも心は折れぬか。敵ながら実にあっぱれだ」

そこからはあまりにも一方的な展開だった。

次々と騎士たちは倒されてゆき、あっという間に残るはアズサとダイ君だけになってしまった。

「……嘘」

アズサがそう呟(つぶや)くのも無理はない。

この数日でアズサは彼らの強さをその眼(め)で見てきたのだ。決して弱いわけがない。ただ目の前の男が強すぎるのだ。

「安心しろ、コイツらを殺しはせん。儂(わし)の標的はあくまで勇者(きさま)のみ」

「くっ……」

「ダイーーー！」

思わず後ずさったアズサを守るように、ダイ君が前に出る。その異様さに、思わずマケールは面食らった。

「……な、なんだこの珍妙な生物は？」

「ダイ！　ダイ！　ダィィイイイ！」

ダイ君の突撃。

さすがに勇者の剣の台座が動くなど、マケールにとっても驚きだったらしい。

その隙を見逃さず、ダイ君はマケール目掛けて思いっきり体当たりをする。

「がはっ……！」

その一撃は凄まじいの一言だった。

ダイ君がマケールに激突した瞬間、地面が砕け、その中心は大きく陥没したのだ。

それは小さな隕石が衝突したかのような衝撃。

当然、それを喰らったマケールも無事ではすまなかった。鎧が砕け、その鋼のような筋肉が剥き出しになる。ゴポリと血を吐いたその顔には苦悶の表情が浮かんでいた。

「ぐ、うぅ……凄まじいな。だが――」

「……ダィィ」

「ッ……駄目！　ダイ君！　避けて！」

それは捨て身の攻撃であったのだろう。

ダイ君の動きは明らかに鈍っていた。

咄嗟にアズサが叫ぶがもう遅い。

「喰らえぃ！」

マケールの渾身の槍撃がダイ君へと突きつけられる。

それは先ほどのダイ君の体当たりを遥かに凌ぐ威力。槍はダイ君の体を貫通していた。

「ダ……ダィィ……」

バキッと、ダイ君の体が砕け散った。

「そ、そんな……ダイ君……ダイくーーーーーーーーん！」

アズサが叫ぶ。

「ダイーーーーーーーーーー！」

その隣でダイ君も叫ぶ。

「――ってうわぁ!?　びっくりした！　ダ、ダイ君、生きてるの……？」

「ダイッ」

アズサは先ほどまでダイ君が倒れていた場所を見る。

そこには確かにダイ君の砕けた体があった。

「ど、どうやって……ん？　よく見ると一回り小さくなってる？」

「ダイー！」

アズサはダイ君の体が小さくなっているのに気づいた。

マケールは砕けた破片を槍で払う。

「……なるほど、ガワだけを身代わりにした目くらましか。よくできている」

「ダイー♪」

ダイ君は手を側面に当てて、胸を張るようなポーズ。

してやったりと思ったのだろう。心なしかポアルの「むふー」に似た雰囲気があった。

それを見て、マケールはふっと笑みを浮かべる。

「……片手間で倒せる相手ではないか。いいだろう。勇者の剣の台座、ダイ君といったか。貴様を儂の敵と認めてやろう。全力で相手をしてやる。かかってこい！」

「ダイー！」

ダイ君が再びマケールに向けて突進する。

対するマケールも槍を器用にさばき、攻撃をいなす。

ダイ君は更にターボモードへ変化し、速度を強化。

だがマケールも負けじと食らいつく。

「ダイ！　ダイッ！　ダィイイイイイイイ！」

「舐(な)めるな台座如(ごと)きがあああああ！」

両者一歩も引かぬ熾烈(しれつ)な攻防。

そして——それを見てアズサは思う。

「…………狙われてるのは私のはずなのに、なんか蚊帳(かや)の外な気がする……」

立ち尽くすアズサの目の前で、熾烈な攻防を繰り広げるダイ君と魔王軍四天王マケール。

しかしその攻防は次第に、マケールへと形勢が傾いていった。

ダイ君の動きにマケールが順応しはじめたのだ。

「凄まじい力と速度だが動きが単調だ！　実戦経験がまるで足らん！」

「ダ、ダイィ……!?　ダイッ！」

バキンッと、マケールの槍に貫かれ、ダイ君が砕ける。

もちろん、身代わりだ。だが二度目の身代わりによって、ダイ君の体は更に一回り小さくなっていた。

「ダィ……ダィィ……」

「なるほど。その身代わり……ばれにくく、よくできているが、文字通り身を削っているのだろう？　そう何度も使える手ではない。身代わりを使うたび、貴様の力は落ちている」

「ッ……！」

マケールの推測は当たっている。

ダイ君は既に二回の身代わりを使ったことで、その力は半分以下まで落ちていた。

「ダイ君！　もうやめて！　それ以上は……」

「ダ……ダイィィ……」

アズサが叫ぶが、ダイ君は拳を握りしめてマケールの前に立つ。

なんとしてでもアズサを守る、と宣言しているようにも見える。

その気迫、その姿勢は、どう見ても台座が放つそれとは思えなかった。

「凄まじい気迫だな……。将級……いや、王級の魔物にも匹敵するやもしれん。姿は珍妙だが先祖返りを起こした魔物か。……そういえば、遥か古代には、山よりも大きく群れると爆発を起こすという奇妙な岩の魔物がいたと聞くな……」

「ダイィィ……？」

ダイ君にはマケールの言っている意味はわからなかった。

しかしこのままでは負けることだけは明白だ。

「ッ……！　ダイ君、剣を私に！」

「ダ、ダイィ……？」

「このまま見てるだけなんてできないよ！　私も戦う！　一緒にコイツを倒そう！」

アズサはダイ君へと近づくと、頭に刺さった剣を抜く。

その手は震えていた。怖いのだ。

「……震えているではないか。そんな弱腰で本当に戦えるのか？　異世界の少女よ？」

「たしかに怖いです……我ながら情けないと思います。最初は異世界チートでひゃっほーいって思ってたけど……全然強くならないし、ダイ君ばっかり強くなるし……。それに……こんなに……」

アズサは周囲を見渡す。

自分を守って倒れた騎士たちの姿があった。

「……命懸けの本当の戦いが、こんなに怖いだなんて思いませんでした……」

【不朽の森】でも何度も魔物と戦った。

しかし、それは周りを騎士に守られての安全な戦いだった。

こんな命懸けの戦いなど、今まで経験していなかった。

それがこんなにも怖いとは思わなかったのだ。

目の前の魔族(マケール)が怖かった。圧倒的な暴力がここまで怖いとは思わなかった。

なにより目の前で親しい者が、仲間が傷つくことがこれほどまでに心を抉るとは思わなかった。

「ならば――」

「でもっ！」

マケールの言葉を遮ってアズサは声を上げる。

「そんな私にだって意地があります！　どんなに情けなくたって、弱くたって、逃げちゃいけない状況があることだって！　私を守って戦ってくれた騎士団のためにも！　今もこうして守ってくれているダイ君のためにも！」

ダイ君が競り負けている相手に、自分が敵うとは思えない。

だがアズサは勇者だ。この剣の――ダイ君の主だ。ならばそれに恥じない姿を示さなければならないのだ。

「アナタを倒す！　私はアズサ！　ダイ君の主、勇者アズサだ！」

「ダイィィ……」

その姿にダイ君は感激した。そうだ、これが勇者だ。これが自分の主アズサなのだ、と。

「ふっ……なるほど、認識を改めよう。どうやらお主はただの腑抜けた少女ではないらしい」

その姿に、マケールも考えを改める。目の前の少女はたしかに勇者だ。力はまだ未熟でも、その心は既に勇む者――勇者であると。

「では勇者よ。殺す前に一つ、聞きたいことがある」

「……なんですか？」

「アマネという女はどこにいる？」

その名前を聞いた瞬間、アズサは自分の鼓動が高鳴るのを感じた。

「……それを聞いてどうするんですか？」

「我々の元へ連れてゆく。どうやってお主らが彼女を縛りつけているかは知らんが、彼女はここにいるべき存在ではない。……儂は解呪の心得もあるからな。彼女の縛りを解き、自由と本当の居場所を与えるのだ」

「連れていく……？　アマネさんを……？」

「そうだ。安心しろ、彼女は我らが同胞として手厚く――」

「ふ　ざ　け　ん　な」

その瞬間、アズサの中で何かが切れる音がした。

「アマネさんを連れていく……？　ふざけないでよ。そんなの絶対に許さない……！」

それは、それだけは断じて許せなかった。気がつけば震えが止まっていた。先ほどよりも更に強く剣を握りしめる。

沸々と怒りがこみ上げる。それは湯気のようにアズサの体から魔力となって溢れ出した。

たしかに、アズサはこの世界に来てから浮かれていた。

彼女は漫画やアニメが大好きだった。特に異世界モノは一番好きなジャンルだ。こんなテンプレな異世界召喚、心が躍らないわけがない。

だが、この世界に召喚されて一番嬉しかったこと――それはアマネに出会えたことだ。

一目惚れだった。見た瞬間に胸が高鳴った。一緒に暮らしはじめてからはもっと好きになった。

そう——この気持ち、まさしく愛だ。

これからもアズサはアマネと一緒に幸せに暮らすのだ。好感度を稼ぎまくり、ロマンチックな初夜を迎え、結婚し、永遠に仲睦(なかむつ)まじく暮らすのだ。

カッ！　とアズサの瞳に光が宿る。

「アマネさんは私のものだあああああああ！　誰にも渡すもんか！　ふざけんな！　こちとら召喚される前から女の子が大好きなんじゃいっ！　ようやく念願かなった異世界召喚だぞ！　中世ナーロッパな異世界なら！　選ばれた勇者なら！　美少女ハーレムを作ろうが、女の子同士で結婚しようが許されるんだああああああああああああああ！」

「…………は？」

「……ダイ？」

マケールはアズサが何を言っているのかさっぱり理解できなかった。

隣にいるダイ君すらも頭に「？」を浮かべていた。

しかしあろうことか、世界はアズサの想(おも)いに応えた。

ゴゥッ！　とアズサから凄まじい魔力が溢れ出したのだ。

あまりにも強すぎる煩悩が肉体を凌駕(りょうが)し、魔力となって溢れ出しているのだ。

想いを力に変える——それが勇者の力。……そう言えば聞こえはいいが、実際は煩悩にまみれまくっただけの欲望である。

「アマネさんは渡さない！　私が絶対に守る！　アマネさんと結婚して子供を産むのはこの私だ！」

さらっと気持ちの悪いことを宣言するアズサである。

まあ過程はどうあれ、先ほどまでの腑抜けた姿は鳴りを潜め、そこに立っていたのは一人の戦士であった。それでいいのか勇者よ、と誰もが思わなくもないが、まあ仕方がないのだ。それがアズサという人間なのだから。

「ふっ……、正直何を言っているのか皆目（かいもく）わからんが、お主にも譲れぬ信念があるのは理解した」

いや、これっぽっちも理解はしていないのだが、マケールはスルーした。彼は相手の意見をみだりに否定したりはしない。多様性は大事、そう思うことにした。

「まったくこれだから勇者は厄介なのだ。他者を守る時に発する『力の振れ幅』が尋常ではない。低い時は先ほどのように無様（ぶざま）極まりないが、高い時はどこまでも上昇する」

改めてマケールはアズサを見る。今度は標的ではなく、一人の『敵』として。

「……勇者よ。名は？」

「……鷺ノ宮梓（サギノミヤアズサ）」

「良い名だな。そういえば勇者よ。お主先ほど、儂の名乗りに対して呆（ほう）けたな。儂の名はお主らにはさぞかし滑稽であったかな？」

「え、いや……それは、その……」

「図星か。だがこれは我ら魔族の古い風習なのだよ」

「え……？」

「あえて忌み嫌われる言葉を名にすることでその意味を払う、というな。もっとも、すでに廃れた風習でもある。若い世代の感性には合わんかったのだろうな。儂のような年寄りどもや魔王様くらいだ。名ではなく姓の方に忌みをつけられた一族には同情するがな」

「……そういうことだったのですね」

アイヌ民族にも似たような風習が存在する。

子供の頃にあえて汚い名前をつけ、病魔に嫌われ、良い神にも必要以上に好かれ攫われないようにするのだ。そして成長してから本当の名前をつけるという風習だ。

魔族にも似たような風習があるんだな、とアズサは思った。

「儂はこの名を背負って戦場に立つと決めた。それ以来、ずっと負けたことがない。当然だ。儂が負けるということは魔王様の顔に泥を塗ること。魔王様に忠誠を誓った戦士が『すぐ負ける』などということはあってはならないのだよ」

故に、とマケールは続ける。

「儂は誰にも負けるわけにはいかん。もう一度問う。アマネの居場所を言え。そうすれば苦しまないように殺してやる」

「お断りします。あと殺されるつもりもありません。ダイ君、いくよ」

「ダイ！」

アズサは両手で剣を構える。

ダイ君も背中から生やしたジェットエンジンを高らかに噴かし力を溜める。

対するマケールも槍を高く構える。

「面白い。では勇者、そしてダイ君よ。いざ尋常に――」

マケールがアズサとダイ君の間合いへ踏み込む。

「勝負ッ！」

マケールの音速を超えた一撃。その姿を、アズサは捉えていた。

今度は見えた。感情によって増幅した魔力は神経伝達速度を加速させ、マケールの動きを、攻撃の軌道をはっきりと視認させる。

「やぁあああっ！」

「ダイィイイイ！」

アズサが剣を振るう。

魔力を込めた渾身の一撃。こちらもまた音速を超えた一撃であった。

ダイ君も音速を超え、空気との摩擦によって熱が生じ、体を赤く輝かせる。

剣と槍。そして体当たり。本来であれば間合いが最も長い槍が有利。だがあえてマケールは相手の――アズサとダイ君の間合いに踏み込んだ。それは魔王軍四天王としての、そして武人としての矜持(きょうじ)だったのだろう。

三者三様の一撃が交差しようとした――その瞬間だった。


『――――五月蝿(うるさ)いぞ』


声が、響いた。

心臓が止まるかと思うほどの冷ややかな声音。

アズサも、ダイ君も、マケールですら、死闘の最中でありながら攻撃をやめた。やめざるを得なかった。それほどまでに、その声は圧倒的な存在感を放っていた。極限まで高めた魔力が一瞬にして霧散する。

その声の主はゆっくりと森の中から現れた。

『なんの騒ぎだこれは？』

死神のような大鎌を携えた異形の骸骨——不死王が、そこにいた。

◆

その存在を見た瞬間、マケールは全力で後ろへ跳んだ。

心の底から震え、背筋が凍りつき、息をするのも忘れてしまった。

（まさか、コイツが不死王か……!?　ここまでの化け物とはな……）

伝説を甘く見ていた。いや、あまりにも過小評価をしていたと言うべきか。

本体もそうだが、それ以上にマケールが驚いたのがあの大鎌だ。

不死王自身よりも遥かに禍々(まがまが)しい気配を放っている。

（あの大鎌。下手をすれば一振りで山一つ吹き飛ぶやもしれん……）

神器と呼ばれる魔道具が存在する。文字通り神々が創ったといわれる魔道具だ。

あの大鎌は間違いなくそれに匹敵する。いや、下手をしたらそれ以上の代物だとマケールは判断した。

（会話などせず、さっさと勇者を殺しておくべきだったな……）

アイが言っていたではないか。勇者と不死王は接触していたと。こうなる前にカタをつけなければならなかったのに、ついマケールはアズサとの会話に興じてしまった。

(報告以上だ。まさか、ここまで力の差があったとはな……)

たとえマケールが命を懸けたとしても、不死王には届かないだろう。それだけの絶対的な力の差を感じた。

『まったく、我(われ)が休暇を満喫してる横でうるさいと思って来てみれば、よもやまたお主か。アズサよ、もう少し静かにしてくれんか？』

「ッ……！」

マケールは歯噛(はが)みする。自分の死は確定だろうが、せめて勇者だけでも討ち果たさねば。

だが間合いが悪い。自分の最速が生かせる距離ではない。

不死王はようやくマケールの方を見た。その瞬間、マケールは死を覚悟した。

『魔族とやり合っていたのか……。そういえばお主は人族の勇者だったな。ふむ……決闘の最中だったか。ならば我が手を出すわけにはいかんか』

「……？」

しかし不死王の口から出た言葉は、マケールにとって予想外のものだった。

(なんだ……？　勇者の加勢に来たのではないのか？)

うるさいと言っていたが、まさか本当にただ注意をしに現れただけなのか？

いや、そんな馬鹿な話があってたまるか。マケールには不死王の意図がまるで読めなかった。

『どうした？　続けるがよい』

「……」

ここは引くべきか、マケールは迷う。

不死王が本当に手を出さないのであれば、ここは手を引く絶好の好機だ。部下を置いて単独で来たのが幸いした。勝つのは不可能だが、逃げるのであればまだ可能性がある。

(だが、ここで勇者を見逃すのはあまりにも痛い……)

対峙してわかった。この勇者は弱い。自分でも簡単に殺すことができる。

だがそれは『今』に限った話だ。

(この勇者は間違いなく強くなる。それも凄まじい速度で……)

想いの強さが尋常ではないのだ。ここで仕留めなければ、その牙は己のみならず魔王の喉元まで届くだろう。短い間ではあったが、それだけの可能性を秘めているとマケールは判断した。

「あ、アンデッドさん、手伝ってください！　この魔族の人、すごく強いんです！　騎士団の人たちがあっという間にやられちゃって」

「ダイー、ダイー」

アズサとダイ君が不死王に助けを求める。

「ッ……」

やめてくれ！　とマケールは叫びたかった。

もし不死王の気が変わって、手を出されたらどうすればいいというのだ。

『断る。だって我は働きたくないからな』

「……は？」

だが不死王の口から出た言葉は、またしても全く予想外のものだった。

マケールは思わず呆けてしまう。アズサも一瞬、ポカンとなるがすぐに首を振る。

「そ、そういえば以前お会いした時も、そんなことを言ってましたね」

『うむ。不思議な感覚だ。主のことを思えば思うほどに、我の中の労働意欲が薄れていく。しかしそれがずいぶんと心地よい。まるで主の魔力と思いが流れ込んでくるようだ』

「……ひょっとして、その主さんが働きたくないから、不死王さんも働きたくなくなっているとか？」

『……アズサよ。冗談でも言っていいことと悪いことがある。我が主は至高にして崇高なる御方であられる。そんな堕落に身を窶すなど、あろうはずもない』

もちろん、そんなことはない。アマネは現在進行形で堕落街道まっしぐらである。

だが不死王から放たれる怒気に、アズサだけでなくダイ君もマケールも竦み上がった。

『ともかく平時であれば無下には扱わんが、戦場であれば話は別だ。たとえ知り合いであろうとも我はいっさい手を出さぬ。此度の戦争、我は中立を貫くと決めている。それが主の意に最も沿うと考えているのでな。……もっとも主が何か行動を示せば話は別だがな』

「で、でもこの人、すごく強くて……」

『だからなんだ？　お主が成長する前に、お主を殺しに来ることの何がおかしい？　これは戦争だ。わざわざ相手の戦力が整うのを待つ馬鹿がどこにいる』

「わ、私はこの世界に来てまだ数週間しか経ってないんですよ!?」

『だからなんだ？　強くなるまで待ってくださいとでも言うのか？　お主の立場には同情するが、

責めるのであれば情報を筒抜けにした王国の人間どもに対してであろう？』

「ッ……」

歯噛みするアズサとは対照的に、マケールは安堵した。

不死王は介入するつもりがないと、はっきり宣言したからだ。

絶体絶命と思われていたところに、この宣言は何にも勝る幸運であった。

マケールは再び槍を構える。その瞳は真っ直ぐにアズサだけを見据えていた。

「不死王よ。今の言葉、反故にするとは言うまいな？」

『我が言の葉を反故にできるのは我が主のみ』

不死王の主という存在がいったい何者なのかは気になるが、少なくとも今この場では関係のない話だ。勇者を殺し、この場を去る。それで終わりだ。

「……構えろ、勇者よ」

「ッ……」

ふらふらと剣を構える勇者に、マケールは内心失望を隠せなかった。

彼女には先ほどまでの覇気がない。

不死王の登場によって、極限まで高められた魔力と集中力が霧散してしまったのだ。

哀れだな、とマケールは思う。同時に、このような少女を手にかけなければならない理不尽さを嘆いた。このような少女は勇者ではなく、平和な町で花屋でもやればよいのだ。戦場に出るのは戦士だけでよいというのに。

かつてマケールにも娘がいた。誰よりも平和を愛し、誰よりも愚かだった娘が。

人間を理解しようと魔族であることを隠して人に近づき、そして一人の人間の男を愛した愚か者。勘当同然に出ていった娘のその後をマケールは知らない。

風の噂では、魔族であることがバレて迫害されたとも、人間との間に子を産んだともいう話も聞いたが定かではない。おそらくはもう死んでいるだろう。

「ふんっ！」

「きゃっ」

突き出した槍を、アズサは必死に払う。やはり先ほどまでの気迫も魔力もない。

「ダイー！」

かわりに、アズサを守るようにダイ君が前に出る。

「邪魔だ」

「ダィィー!?」

だがダイ君もアズサ同様に消耗していた。元々二度の身代わりで力を半分近く削っていたのだ。最後の最後に高めた魔力もとっくに消えてしまった。マケールの槍の一薙ぎで、ダイ君は吹き飛ばされる。

「……ダ、ダィィ……」

バキンッ！　と体が砕け、とうとうそのサイズは十分の一程度まで縮んでしまった。ダイ君はそのまま気を失ったのか、動かなくなった。

「ダイ君！　よ、よくもダイ君を！」

アズサはマケールへ突撃する。しかしその攻撃もあっさりとかわされてしまった。

「動きが直線的すぎるな。先ほどまでのキレもまるでない。それで終わりか？」

「……ッ」

「いいのか？　貴様が死ねば、貴様が守りたいと願った者は連れていくぞ？」

「そんな、こと……させませんっ！」

「ならば抗ってみせろ。勇者としての矜持を示せ」

「くっ……！」

払う、払う、払う。何度でも、アズサはマケールの攻撃を払う。少しずつだが、アズサはマケールの動きに呼応してきている。今度は感情のブレによる変化ではなく、学習による成長によって。

だが――、

「――あ」

剣が弾かれて、空に舞った。

その姿をマケールはどこか名残惜しそうに見つめる。

ともすれば先ほどのような奇跡が起きるのではないかと期待するように。

「――終わりだな。許せ勇者よ……ん？」

一瞬、マケールは違和感を覚えた。視界が歪んだのだ。

（なんだ？　今、一瞬周りの景色が歪んだ……？　それになんだこの奇妙な感覚は？）

全身が組み替えられるかのような奇妙な感覚。

マケールはアズサの魔法を疑ったが、この状況で魔法を放てるとは思えない。

（どういうことだ……？　いったいなんなのだこの感覚は？　儂だけでない。周囲の景色、いや世界そのものが変わっていくかのような……。いや、考えるのは後だ。まずは勇者を討つ！）

マケールは槍に魔力を込める。

狙うは心臓。せめて苦しませぬように一撃で絶命させる。

一瞬、マケールは不死王に意識を向けた。不死王が本当に介入しないか気になったからだ。

（なんだ……？　奴は何を見ている……？）

視線の先。

不死王はなぜか手を合わせていた。まるで祈りを捧げるかのような仕草で天を仰いでいる。

その行動の意味が、マケールには理解できなかった。だが理解するよりも先に、『変化』は生まれた。ゾワリとマケールの背筋が凍る。

「なんだ……これは……？」

先ほど、不死王に感じた怖気よりもなお悍ましい気配。

まるでこの世の全ての恐怖を凝縮し、黒くドロドロに煮詰めたかのような。

『アァ……それがあなたの選択なのですね……』

不死王の声がやけに大きく聞こえた。

『――――我が主よ』

マケールは空を見上げた。アズサも釣られて見上げる。

そこには一体の竜がいた。神々しい二対四枚の翼を持つ幻想的な竜。

それはこの世界に存在しない、竜界における最強の存在。

——竜王。


ありえないはずの存在がそこにいた。

その圧倒的な存在感、圧迫感にアズサもマケールも絶句した。

対照的に、不死王は万感の思いに包まれていた。流れるはずのない涙が流れるような錯覚さえ覚えた。

『おぉ……我が主よ。それが貴女様の真のお姿なのですね。なんと……なんと神々しい』

不死王は敬虔な信者のように両手を合わせ、祈りを捧げる。

「な、なにあれ……すごい」

「なんということだ……」

アズサとマケールは一歩も動けなかった。力の差を理解するという行為すらおこがましい。

太陽に喧嘩を売る人間なんて存在しない。アレはそういう次元の存在なのだ。

ただそこにいる。ただそれだけで普く全てに影響を与えるほどの——。

「——オォオオアアアアアアアアアアアアアアアアアアアアアアアアアアアアアッ!!」

竜界の頂点に君臨する絶対的存在——それが竜王だ。

では、いったいなぜ、アマネが竜王の姿でこの場に現れたのか?

それを説明するには、時間を少し遡らなければいけない。

第七章　竜王さま、戦争を終わらせる

——数時間前。

「うーん……誰かに見られてるね……」

ここ数日、ずっと視線を感じている。

気配を探れば、家の周囲に複数の黒ずくめの男たちがいる。それはわかっている。

「あー、気になる。視線が気になって眠れないじゃんか」

なんて迷惑なんだ……。

私は基本的に危害を加えられない限り、自分から手を出すことはしない。

私が何かするということは、それだけ世界に与える影響が大きいからだ。

今でも魔力の制御と操作に神経を注いでいるし、自分の存在が何か世界に影響を与えていないか中枢記憶（アカシックレコード）にこまめにアクセスして確認し、ついでに影響が出ないように細部を改変している。

——休暇を楽しむためには、最低限の礼を尽くさなければならない。

私はこの世界において、あくまでも『部外者』なのだ。部外者が過度な干渉をしてはいけない。

「……でもまあ、迷惑をかけられたなら話は別だよね」

睡眠は大事だ。

どれくらい大事かといえば、眠らないで仕事ばかりすると、ある日突然悲しくもないのに涙が出てくるくらいには大事なのだ。

私、何してるんだろうって考えだしたら終わり。仕事や日常に感じる虚しさが天元突破する。

だから、こまめな休息や十分な睡眠は大事なのだ。

「なのでちょっと懲らしめてやろうと思います。うん、大丈夫。ちょっとだけね」

「んー……あまね、どうしたの……？」

「なんでもないよ？　ゆっくりお休みポアル」

「んー……」

ポアルがしっかり寝たのを確認して――あ、念のために魔法で起きないようにして――外に出る。

気配を探ると男たちの居場所はすぐに判明した。

「――おい、どうする？　今日こそは……」

「いや、でもやっぱりまだ早――」

「そこで何してんの」

「「「ッ!?」」」

私に気づくと男たちはあからさまに狼狽えた。

全部で四人か。全員が黒いローブを被った怪しさ満点の姿だ。

「な……我らの姿に気づいた？」

「隠蔽のローブは発動しているはず……！」

「なんという感知能力……というか可愛い」

「ああ……可愛いな。だが妙に欲深そうな顔をしている。金にうるさそうだ」

なんだコイツら、人を見るなりブツブツと。

「もう一度聞くよ？　ここで何してんの？」

私が訊ねると、彼らは顔を見合わせた後、一斉にローブを脱いだ。その瞬間、私は目を疑った。

「………なにそのTシャツ？」

彼らは一様に、ポアルの顔がプリントされたTシャツを着ていた。

「これは我らの信仰の証です」

「？」

「我らは真祖ポアル様を信仰する者たち──真祖邪竜教団！」

バッと男が手を天に掲げる。すると後ろに控えた男たちが一斉に動きだした。懐から何やら光る棒を取り出し、一糸乱れぬ統率で踊りだす。

「『L・O・V・E・ポアル！　L・O・V・E・ポアル！　フゥ～～フッフッ！　フォ─────！』」

キレッキレの動きだった。ていうか、これ知ってる。

「これ、アズサちゃんの世界の『オタ芸』ってやつ……？」

「おぉ!?　知っておられるのですか？　これは我らの真祖様が経典に記された奉納の舞！　我ら信徒は、この舞を一糸乱れぬ統率で披露することで、真祖様への信仰心を示すのです！」

「あ、うん……そうなんだ」

よくわからないけど、なんか勢いがすごいから頷いておこう。

「それで、なんで私たちの周りをうろちょろしてたの？」

「実は──」

彼らから事情を聴くと、なんでも彼らは魔族の真祖とやらを崇拝する宗教団体らしい。

んでもって数日前、真祖の残した魔力水晶が反応を示した。

調査をした結果、ポアルがその真祖の魔力の持ち主だったというのだ。

彼らは真祖の復活を喜び、こうして会いに来たのだという。

「なるほど、事情はわかった。んで、なんでずっとうろちょろしてたの？　そんなに真祖(ポアル)に会うのが楽しみだったんなら、ちゃんと面と向かって話せばいいじゃん」

私が問い詰めると、男たちはバツが悪そうに顔を逸(そ)らした。

「その……真祖様のお姿は遠見の水晶で拝見していたのですが……」

「生で見ると、その……」

「あまりに可憐(かれん)で、見てるだけで胸がいっぱいになるといいますか……」

「心が満たされてしまいまして……」

もじもじすんな、気持ち悪い。

「……つまりポアルが可愛すぎて声がかけられなかったと？」

「「「はい」」」

馬鹿なのかな？　コイツら全員もれなく馬鹿なのかな？

「でも気持ちはわからんでもないよ。ポアル可愛いもんね」

「「「はい！　めっちゃ可愛いですっ！」」」

すごくいい笑顔だった。

うーん、この人たち馬鹿っぽいけど、悪い人たちじゃなさそう。

「実は真祖様に捧げる供物も用意していたのですが……」

「どんなの？」

「真祖様饅頭に、我々が着ている真祖様Tシャツ、あと真祖様地酒など……。あ、饅頭の中の餡はこしあんを採用しました。やはり真祖様には上品なこしあんが似合うかと」

一升瓶のイラストには、両手でピースするポアルの写真が印刷されていた。

「……ポアルがこんなポーズしたことあったっけ？」

「我々の技術の粋を結集させて写真を合成し、自然なポージングを実現させました」

「……技術の無駄遣いだね。あと粒あんが下品とでも言いたいの？　ぶっ飛ばすよ？」

やっぱり馬鹿だよ。コイツら全員間違いなく馬鹿だよ。粒あんも美味しいんだよ。

「……まあ、こしあんも嫌いじゃないけどさ。君たちがどれだけポアルが好きなのかよくわかったし、私たちに何か悪いことをしようって企んでるわけでもなさそうだし」

「当然です。我々が真祖様に害を為すはずなどありません。我々は真祖様をお迎えして、この世界を本来のあるべき姿に正したいだけですから」

「あるべき姿って？」

「はい。かつての真祖様は経典にこう記されました。『生まれ変わるなら美少女がよい。そしてありとあらゆる趣味嗜好が認められる世界にしたい』と」

「ふーん……多様性ってやつかな？　まあたしかに好き嫌いは人それぞれだしね。あ、このTシャツ一枚もらっていい？」

せっかくだし私も一枚欲しい。男たちは一斉にコクコクと頷く。

「ついでにこっちのお饅頭も味見を――なにこれ、うまっ!?」

こしあん特有の滑らかな舌触り。口の中であんこが溶けてゆく。

「なるほど……たしかにこしあんも悪くないね。粒あん派の私にここまで言わせるとは……」

「でしょう。他にもこちらの真祖様き○この山は特に自信作でして――」

「ストップ。駄目。そっちは本当に戦争になるから駄目」

多様性大事。好き嫌いは人それぞれ。それでいいじゃないか。タケノコだって生きてるんだ。

「あ、それとお酒も駄目だよ。ポアルはまだ子供だから飲めないって」

いちおうこちらの世界にも飲酒の年齢制限はある。確か十六歳だったかな？

アズサちゃんの世界だと二十歳だったから、こっちの世界の方が飲酒に関する規制は緩い。

でもポアルはまだ十歳くらいだったはずだ。お酒は駄目だよ。

「そうなのですか……。そういえば、真祖様のご年齢に関しては調べておりませんでした」

「ずっと供物の質を高めることだけに必死でしたからな」

「そうそう。それに真祖様の過去を探ろうなど不敬にも程がありますし」

「でもこのお酒は自信作だったのですがね……」

すると男たちはしゅんとなる。きっと、よほどの自信作だったのだろう。

……どんな味なのかな？　そういえば、こっちの世界に来てから飲んでないな。

私は竜界ではディーちゃんの作るお酒が大好物だった。いいよね、お酒。嫌なことを忘れられる。

しかもこれ、酒瓶にプリントされてるポアルも可愛いし、よくできてるな。

飲んでみたい。すごく飲んでみたい。私は思わずごくりと喉を鳴らす。

すると私の視線を感じ取ったのか、彼らのうちの一人が盃（さかずき）を渡してくる。

「よければご試飲されますか？」

「え？　いいの？」

「はい。アナタ様は真祖様のご家族なのでしょう？　ならば礼を尽くすのは当然です。ささ、どうぞ？」

「おー、わかってんじゃん。じゃ、さっそく」

私の盃に男が酒を注（つ）ぐ。とくとくとく、おっとっと。

いやぁ、いいねぇ、この零（こぼ）れるかどうかのギリギリのライン。お酒の注ぎ方がわかってるじゃないの。

私は上機嫌で盃を口へ運ぶ。

……後にして思えばこれが私の過ちだったのだろう。しかしこの時の私はそんなこと、全然気にしてなどいなかった。ただお酒が飲みたい。それだけだったのである。

「ん……ごくっ」

おぉ！　辛口。しかし意外とさっぱりとした飲み心地。

喉の奥がじんじんと痺（しび）れ、胃袋がカッと熱くなる。

これは……美味（うま）い。ディーちゃんの作ったお酒よりも美味しいかも。

「ダイギンジョウと呼ばれる真祖様が愛したお酒でございます。我が復活した時には必ずこれを捧げよ、と仰（おっしゃ）っていました。米という穀物から作られておりまして、醸造にはとても苦労しました」

「なるほど……悪くない。いや、むしろいい！　すごくいいよこれ！　ほら、君たちも」

「え、ですがこれは供物で……」

「いいって、いいって。さっきも言ったけど、ポアルはまだお酒が飲めないからさ。こうして皆で飲んだほうがいいのさ。それとも何かい？　ポアルの保護者である私のお酒が飲めないってぇーのぉ？」

「わ、わかりました。では頂きます」

「まあ、せっかくだしな」

「まだまだいっぱいあるし……」

「あ、乾物とかありますよ。アテにどうぞ」

「いいねぇー！　それじゃあかんぱーい！」

「「「「乾杯ー」」」」

酒盛りが始まった。いやぁ、やっぱりお酒はいいね。

いいお酒を飲むと、気分もすごく良くなるし、本音も吐ける。

彼らも日頃のうっぷんが溜まっていたのか、思い思いに事情を喋りはじめた。

「うぅ……どうして我々はこうも世間から悪く見られるのか……」

「そうですぞ！　世間の奴らはわかっていない！　我々はただ可愛いものが好きなだけなのです！」

「可愛いは正義だ！　それに我々は手を出すことはしない！　遠くから愛でるのだ！」

「そーだ！　そーだ！　イエス○リータノータッチ！　それが紳士だー！」

「苦労してるんだねぇ……。というか君たちもハーフ？」

角がある者やない者、ポアルのように魔力が混ざっている気配の者もいる。

「ああ、気づかれましたか。我々、人や魔族のはみ出し者の集まりなのですよ」

「ハーフの者も多いですな。まあ、我々はこの通り変わり者ゆえ、種族でどうこう言う者はいませんからなぁ」

「はは、違いない。むしろ好みの違いで喧嘩(けんか)することの方がしょっちゅうなのです」

「お前は特殊すぎるんだよ！　なんだよ、太ももは細い方がいいって馬鹿だろ。太ももは太いから太ももなんだろうが」

「あぁ!?　テメェこそクソだろうが。男の娘(こ)をわざわざ性転換させるとか馬鹿なの？　死ぬの？お前はなんにもわかってない」

「んだとこらぁ！」

「あははは。ほーら、喧嘩はらめでーっす。ひっく……」

おっと酔いが回ってきたなぁ。竜は基本いくら呑(の)んでも酔わないが、あえてアルコールを分解せずに体に取り入れることもできる。だって酒って酔うために飲むんだし。お酒って最高だ。現実を忘れられる。

でも、なるほどねぇ……。だいぶ特殊な人たちの集まりだけど、人や魔族がこうして一つの集団として成立してるとか、とっても素晴らしいじゃん。

「……人間も魔族も君らみらいに、もっと仲良くしたらいいろりねぇ……」

「「「「…………」」」」

私の言葉に、彼らも困ったような笑みを浮かべた。

「本当に……そうできれば、いいのですけどな」

「左様(さよう)。真祖様はそんな分け隔てない世界を望んでおられたのです」

「こうして酒を酌み交わし、ただ笑い合う。それだけでよいのだと……」

「『争いなぞ性癖の違いだけでいい』……真祖様の残したお言葉です。人も魔族ももっと楽しく暮らせればいいのですがね……」

うん、志(こころざし)は本当に立派だと思うよ、真祖様。残したその言葉はとても残念な人っぽいけど。

「いやぁー、いいねぇ。こんなにお酒が美味しいなんて久しぶりだよ……ひっく。あぁ、気分いい。うんうん、平和が一番らぁ。戦争なんて仕事が多くなるばかりでホントくっだらないよねぇ」

「「「そうだ、そうだ」」」

「……んじゃ、わらひが止めたげよっか？　ヒトとマゾクのぉせんそー。ひっく……」

「「「……え？」」」

これは『仕事』じゃない。こんなに美味しいお酒をご馳走(ちそう)になった彼らへの恩返しだ。

仕事はしたくないけど恩には報いたいよねぇ、ひっく。

「んじゃ、ちょっとせんそぉーを止めてくるにゃぁ～……あれぇ？　目がぐるぐるするぅ……」

そう言って私はバタンと倒れた。


――倒れたアマネを男たちは困った様子で見つめる。

「お、おい。この人、酔い潰(つぶ)れちゃったぞ？」

「さすがにちょっと飲みすぎだな。持ってきたお酒全部空けちまったし。まあ、俺たちも久々に楽しかったけど。とりあえず、この人は家に運ぼうぜ。真祖様の家族を粗末に扱うわけにはいかんだろ」

「そうだな。とりあえず家の中に運ぼう。……あれ？　なんかこの人、うっすら透けてないか？

うっぷ、俺たちもだいぶ酔っちまったなぁ……」

「あはは、人が透けるわけ……透けてるな。ん……今、なにか空で光ったような？」

「流れ星か？」

「いや……それにしては妙にうねってたような……。まるで生き物みてーに……」

とりあえず半透明になったアマネを彼らは部屋に運ぶことにした。

隣の部屋にポアルも寝ていたのだが、あまりにも尊すぎるご尊顔に彼らは祈りを捧げ、静かに帰っていった。

……いちおうアマネへのお土産に様々な供物も一緒に置いて。

◆

――幻竜と呼ばれる竜種が存在する。

文字通り幻を操る竜で、力が増せば増すほど、生み出す幻は現実への干渉力を強めてゆく。

そして、アマネは幻竜の中でも更に希少な【夢幻竜】と呼ばれる竜種であった。

夢幻――すなわち夢と幻。アマネは夢を現実に変えることができる。

現実は夢に侵食され、一時的に世界は改変される。竜王が存在するという夢の世界に。

アマネの――竜王という存在の重みに世界が耐えうるようにするにはどうすればいいか？

これがその答えだ。

現実の世界がアマネの夢に侵食され、一時的に世界を取り込む無法の大業。

夢の竜が現実に目覚め、世界は眠り夢を見るのだ。これならば世界は崩壊しない。なぜならば、これは全て夢だからだ。夢の世界ならば竜王が存在することだってできる。

ではなぜ、アマネはこの能力を使わなかったのか?

当然それには理由がある。いくら世界を夢で包み込んだとはいえ、夢の世界は、少なからず現実にも影響を及ぼすのだ。更にこの夢の世界が長く続けば、世界は夢を見ている状態を正常な状態だと認識するようになる。つまり夢と現実が入れ替わってしまうのだ。

それはある意味では、世界の崩壊と言ってもいい。

そんなことはアマネの望むところではない。

彼女はこの世界において完全な部外者なのだ。あくまで休暇を楽しむためにこの世界にいるのである。そんな世界を自分の都合で改変していいわけがない。

だからこそ、アマネはこの能力を使わなかった。自身の線引きとして。だが、その線引きはお酒によっていともたやすく剥がされてしまった。

「――オォオオオオオオオオアアアアアアアアアアアアアアアアアアッ!!!!!!」

竜界最強と謳われる竜王。その酒癖の悪さは竜界最凶にして最悪。

とどのつまり真相は――

『戦争はらめらぁあああああああああああああああああああああッ!!!』

――酔っ払いによる乱入である。

◆

一方その頃、王城にてパトリシアは淡々と政務をこなしていた。

勇者が召喚されて以降、彼女の仕事は日を追うごとに増えている。休む暇もないほどだが、それは彼女にとって非常に喜ばしいことであった。

「……勇者召喚。大変な魔法ではありましたが、なんとかなりましたわね」

勇者召喚は莫大(ばくだい)な魔力を有し、更に魔法の才に優れた者にしか行使できない。

失敗すれば、召喚の杖(つえ)に魔力と生命力を吸い取られて、最悪死んでしまうことすらありえるのだ。

実際、召喚を終えたパトリシアもアマネたちの前では平静を装っていたが、立っているのもやっとなほどに疲弊していた。

「でも、これで魔族との戦争を終わらせることができますわ……」

魔族との戦争を終わらせる。

それがパトリシアの長年の夢だった。

というのも、ハリボッテ王国は長年の魔族との戦争で疲弊しきっていた。王都周辺では比較的治安も良く平穏が保たれているが、地方や国境付近に行けば、魔族との衝突も絶えず、人間同士での醜い争いも絶えない。

貧富の差も激しく、このままでは遅かれ早かれこの国は滅ぶという見通しだった。

だが現在の王——彼女の父親はあまり優秀な人物ではなかった。平凡と言っていい男で、現状維持の事なかれ主義だった。兄や姉も似たようなもので、この国の現状を見ようともしない。

だからこそ彼女は勇者を召喚した。魔族との戦争を終わらせ、この国を立ち直らせるために。

「アズサ様やアマネ様には本当に申し訳ないとは思いますわ……。でも、他に方法がなかったのです……」

当然、罪悪感がないわけではない。

選ばれた勇者と言えば聞こえはいいが、実際には異世界からの人さらいだ。自分たちでは問題は解決できません、と言っているようなものだ。

真祖邪竜教団の教主はハリボッテ王国を『何かあれば勇者を召喚して問題を解決してきた国』と評したが、それは概ね正しい。

勇者召喚という、いわば反則手段を持っていたからこそ、ハリボッテ王国はそれにばかり頼り、国としての在り方が歪んでしまった。

——この国を変えたいと願うパトリシアすら、勇者召喚に頼ってしまうほどに。

パトリシアもその自覚がないわけではない。だが他に方法がなかったのだ。

「本当に嫌になりますわ……。この国を変えたいと願っているのに、勇者に頼るしかない自分の無力さに……」

パトリシアは天井を見上げ、手を伸ばす。まるで届かぬ願いを掴み取ろうとするように。

何も掴めず、空を握るその手を悲しげに見つめる。

「……いっそのこと、誰かが全部ぶっ壊してくれませんかしら……？」

この戦争も、この状況も、この国も、こんな無力な自分さえも。何もかも全てなくなってしまえば、どれほど清々しいだろうか？

ああ、嫌になる。その願いすら自分ではない誰かに頼ってしまおうと考える自分に。

「……ふふ、そんな馬鹿なこと、あるはずありませんわよね。……あら？」

不意に、ドアをノックする音が聞こえた。パトリシアが入室を促すと、入ってきたのはピザーノだった。

「ぬっふっふ、姫様ぁ……夜分失礼しますねぇ。こちらの書類にサインをお願いしたかったのですが……」

「あら？　もう終わったのですか？　ずいぶんと早いですね」

「このピザーノ、姫様のためとあらば、全身全霊で尽くすのは当然でございますよぉ……ぬっふっふ」

「……そ、そうですか。ご苦労様です」

薄気味悪い笑みを浮かべるピザーノに、パトリシアは笑みが引きつるのをなんとか抑えながら労う。

それまでのピザーノはなにかと黒い噂が絶えない男だったが、ある日を境に人が変わったように真面目な大臣となった。

いったい何があったのかパトリシアには知る由もないが、今では心から信頼できる数少ない臣下の一人となっていた。

「さて、アズサ様が戻ってくるまでに、もうひと踏ん張り——ん？」

ふと、足元が何やら眩しく感じた。見れば、床には巨大な魔法陣が浮かんでいた。

「……な、なんですの、この魔法陣は……？」

「ぬっひぃ……莫大な魔力を感じますねぇ。……でもこの魔力、どこかで見覚えがあるような？」

混乱する二人はそのまま、まばゆい光に包まれるのだった。

◆

一方その頃、魔王城では魔王イーガ・ヤムゾがそわそわと落ち着かない様子で椅子に腰かけていた。

「マケール……大丈夫かのう？」

「あの爺さんなら大丈夫やろ。心配しすぎやって」

そう言いつつも、アイもどこか不安げな様子であった。

理由は当然、勇者——ではなく、アマネだ。

マケールは魔王軍四天王最強と呼ばれる男だ。その戦闘力、そして魔王への忠義は疑いようがない。相手が英雄と呼ばれる存在であっても、聖金級の冒険者であっても、あのマケールが敗れる姿など想像がつかない。

だが懸念はある。

「しかし……本当に勇者を殺してもよいのかのう？」

「ん？　どうしたん、今更？」

「だって、その勇者って異世界から無理やりこっちの世界に呼ばれたんじゃろ？　見ず知らずの他人にいきなり命懸けで戦えなんて言われても、ワシなら絶対嫌じゃよ。その勇者だって無理やり戦わされてるかもしれんのに……。こちらの都合に良いように巻き込んでしまって、その……可哀そうな気がしてのぅ」

「そんなん今更やろ？　ウチらにはウチらの都合がある。その子のせいで、仲間がぎょうさん死んだらどないすんねん？　勇者ちゃんには悪いけど、現時点で殺しておくのが正解やと思うで？」

「……本当に戦争なんてしたくないのじゃ……。そう思ってる魔族だってたくさんいるのに、どうして戦争は終わらないいんじゃろうなぁ……」

「それこそ仕方のない話やなぁ……」

年々、人間との大規模な武力衝突は減ってきているとはいえ、それでも国境付近での小競り合いは続いている。武力衝突が減ったのは現在の魔王イーガの努力の賜物だ。

だが減らすことはできても、なくすことはできなかった。魔族は基本的に血の気が多い。本能として戦いを求めているのだ。

それに長年積み重ねてきた憎しみの連鎖は、そう簡単に解決できるものではない。

人間など滅ぼしてしまえと、徹底抗戦を唱える魔族も決して少なくないのだ。

「いっそのこと、どっかの誰かがこんな戦争ぶっ壊してくれんかのう？」

「はは、誰がそんなことするんや？　そないなこと、あの不死王ですら不可能やで？」

だが、そこでアイはふと思い出す。

あの桁外れの魔力を持った同族のことを。

もし彼女があのおびただしいほどの封印を全て解いたのなら、ひょっとしたら不可能も可能にしてしまうのではないかと。

「……ま、無理やろうけど……ん？　なんや、この光？」

不意に、足元からまばゆい光が発生していた。その光には莫大な魔力が宿っていた。

「な、なんじゃこの光は……ッ!?　この術式、まさか召喚魔法――!?」

「なんやこの莫大な魔力はっ！　でもどこかで見覚えがあるような……ってあかん！　イーガちゃん、はよ逃げ――」

しかし逃げることなど叶(かな)わず、イーガとアイは光に包まれるのだった。

◆

そして戦場にて――。

「馬鹿な……なんだ、あの化け物は……」

「あんな化け物、見たことがないぞ……？」

「なあ、まさかあれって、ドラゴンってヤツじゃないか？　あの伝説の……」

「そんな……」「ありえないだろ……」「でもあんな化け物、他にいるわけ……」

その異様さにアズサもマケールも、倒れていた騎士たちも、不死王を除く誰もが息をのんだ。

ありえないほどの魔力。ありえないほどの威圧感。ありえないほどの圧倒的な力の差。

その場にいる誰もが理解したのだ。

アレは自分たちが逆立ちをしても敵う相手ではないと。

『おぉ、我が主よ。それが貴女様の真のお姿なのですね。なんと……なんと美しい……』

その言葉を聞いて、マケールは不死王の先ほどの言葉をようやく理解した。

「なるほど……アレが不死王の主か。にわかには信じられなかったが、たしかにあれほどの存在であれば、不死王が傅くのも頷ける。……どうやら、今度こそ本当に年貢の納め時のようだな」

アマネの瞳がぎょろりとマケールの方へ向けられる。マケールは今度こそ死を覚悟した。

『お前が魔族の王様らぁ？』

「……いや、儂は魔王様に仕える四天王の一人にすぎん」

『ふーん、ならここに魔王ってのを呼ぶらぁ』

「何を言って……そんなのできるわけが――」

『うらぁ！　召喚魔法らぁ！』

アマネは召喚魔法を使い、その場に魔王を召喚した。ついでになぜかアイも一緒に。

「な、なんじゃここは？　ワシは魔王城にいたはず？」

「え、ここって【不朽の森】の近くやないか……？　なんでウチがここに？」

「ま、魔王様!?　それにアイまで……？　まさか召喚魔法だと？　し、信じられん……」

マケールは戦慄する。転移魔法は莫大な魔力を消費し、高度な魔道具を必要とする。その更に上位の魔法とされるのが召喚魔法だ。いったいどれほどの魔力を消費するのか想像もつかない。

ちなみにハリボッテ王国は召喚魔法に王家の血筋を組み込むこと、代々伝わる秘伝の魔道具を使用すること、数百年単位で魔法陣に魔力を注ぎ込むことで、ようやく発動することに成功している。

つまり、そういった特殊な手段を使わなければ、とてもではないが発動できないのが召喚魔法なのだ。

それを、いともあっさりとやってのけるなんて、あまりにも規格外だ。

『んで、次は人間の方らねぇ……ひっく』

アマネは再び召喚魔法を使い、今度はパトリシア姫とピザーノ大臣を召喚する。

「な、なんですの、ここは……？」

「ぬっふぅ……？　急に景色が変わったと思ったら、どうして勇者様が目の前におられるのですぅ？　って、えええええええええええ不死王様までえええええええええええ!?　ひぎゃあああああああああああああああああ…………あへぇ」

ピザーノはきったないアへ顔を晒して、おまけに失禁までして気絶してしまった。

『起きろやぁぶたぁ……ひっく』

「ぬっひぃ……あ、あれ？　私は気を失っていたのでは……？」

『よし、これで揃ったらぁね。んじゃ、お前らとっとと戦争やめるらぁ……。仲良くしなきゃぁ駄目らよぉ……ひっく』

だが、アマネによって無理やり起こされる。

あまりにも無茶苦茶な要求だった。というか、召喚された誰も状況を理解できなかった。

「な、なにを言って……というか、アズサ様、この状況は何なのですか？」

「いや……私にもなにがなんやら……？」

「……ぬひっ⁉　あ、あそこにいるのは不死王……⁉　ひ、ぶっひぃぃ……お許しを……どうかお許しをぉぉ……」

　パトリシア姫は大混乱、アズサも状況をまだ理解できず、ピザーノに至っては、また不死王の姿を見て怯える始末。

「うぅ……なんなのじゃ、この状況はぁ？　アイぃ、マケールぅ……ワシ、怖いのじゃぁぁ……」

「魔王様、泣かんといて……。ウチもなにがなんやら……。マケール、説明してくれへん？」

「その……なにから話せばいいのか……。というか、儂もこの状況を理解しきれておらん」

　魔王は泣きだし、アイはそれをあやし、マケールは何から説明すればいいのかと困惑顔。

　未だに混乱する一同に対し、アマネは苛立つ。

『ひっく……なんらぁ？　わらひの言うことが聞けないのぉ？　いーから、さっさと戦争やめるんらぁ……。じゃなきゃこうらよ……ひっく』

　アマネが尻尾をちょっと動かすと『ちゅどん』と、コミカルな音が鳴り響く。

　次の瞬間――山が吹き飛んだ。

「「「「……は？」」」」

　皆、何が起こったのか、わからなかった。

『……ん？　なんらぁ反応がいまいちらぁね？』

　呆然とする一同を見て、アマネはこれではインパクトが弱かったのかと思ったらしい。

『それじゃあ、これをこうしてぇ……こうならどうらぁ？』

アマネが指をくいっと上げる。……大陸が海苔のようにべりべりと剝がれた。

「「「「…………は？」」」」

更にアマネはふぅーっと優しく息を吐く。

剝がれた大陸は空高く舞い上がり、ボロボロと山やらなんやらが重力に従って落ちてゆく。

それは凄まじい暴風――というか衝撃波となって海に激突し海面を割った。その衝撃で空高く打ち上げられた大量の海水は、同じく剝がされて空に浮かんでいた大陸へと降り注ぐ。覆水が盆に返るというなんとも奇妙な光景が広がる。それはまさしくこの世のものとは思えぬほどの。

「な、なななな、なんですのこれは……？　私は夢でも見ているのですか？」

「ぬっひ……ぬひひひ……ひ、姫様、これは夢ですよ。そうに違いありません……ふひっ」

パトリシアとピザーノはその光景にガタガタと震えあがる。ある意味では、ピザーノの現実逃避の言葉がまさしくその通りなのだが、そんなこと気づけるわけもない。

「あ、あわ……あわわわわわ……アイィィ、マケールゥゥ……なんなのじゃこれは……ワシは夢でも見ておるのか？」

「イーガちゃん、う、ウチの傍を離れるんやないで……。マ、マエールはん、これどうすればいいんや？　ウチら死ぬん？」

「呂律が回っておらんぞ、アイよ。お主は魔王様の傍を離れるな。儂は……正直、この状況で何かできるとも思えんが……まあ、盾くらいにはなろう。役目を果たせるとも思えんがな……」

半泣きでアイにしがみつく魔王イーガに、それを必死に宥めるアイ。マケールは比較的冷静であったが、この状況で何ができるとも思えなかった。

「……すごい」

そんな状況の中、アズサはどこかキラキラした瞳で空に浮かぶアマネを見つめていた。

『ん～～まだ反応が弱いらぁ？　んじゃあ最後にこうらぁー』

アマネが大きく翼を広げると、空がガラスのように砕け散り、巨大な星々が天から降り注いだ。

それらは大陸を焼き払い、海を干上がらせ、あまねく全てを飲み込み、崩壊させてゆく、

――この世の終わり。

終末と呼ばれる光景が目の前で繰り広げられたのだ。

あまりにもあっさりと、あまりにもあっけなくこの世界は終わりを迎えた。

世界が滅びる様(さま)を、圧倒的な力の差を、彼らはまざまざと見せつけられた。

『んで、元に戻れ～』

そして次の瞬間には全てが元に戻っていた。

「「「「…………」」」」

世界は終わった。だが当然だがそれはあくまで夢の中での話である。

泡沫(うたかた)の夢。当の本人たちには全く自覚がないだろうが、今、この世界はアマネが創り出した夢の世界なのだ。現実と夢を混ぜ合わせ、改変し、そして夢から覚めれば全ては何事もなかったように元に戻る。それが【竜王】アマネが持つ規格外の能力である。

『というわけでらぁ、わらひならこんなふうに世界をぶっこわぁーすこともなおすこともできるんらぁ。それが嫌ならおまぇらせんそぉーをやめて仲良くするんらよ。わかったぁ？』

「い、いや、でも急にそんなことを言われても困りますわ。せめて――」

『んー？　まだなんか文句でもあるらぁ？　じゃあもう一回――』

「わわわ、わかりました！　わかりましたわ！　やめます！　もうこれ以上魔族との戦争は致しませんわ！　ですから、どうかこれ以上世界を崩壊させるのはおやめくださいませぇぇぇぇぇ！」

誰もが信じざるをえなかった。

目の前の存在は、人智(じんち)を超えた規格外の化け物であると。

そんな化け物に、自分たちの常識や都合など通じるわけなどない。返事は「はい」か「イエス」しかないのだ。

「わ、ワシとしては願ったりかなったりじゃ！　そもそもワシは最初から終戦を望んでいたからのう……。うん、なんかもう諸侯の言い分などどうでもいいのじゃ!!　てか怖い……怖い、怖い、怖い……」

「よしよし、イーガちゃん、落ち着くんや。大丈夫、きっとこれは夢や。多分、目覚めたら何もかも大丈夫やきっと……。ん？　なんかイーガちゃん、小さくなったなぁ……えへへ」

「正気に戻れアイ！　それは魔王様ではなく丸太だ！」

ガタガタと震えるイーガと、その横で丸太に話しかけるアイ。それを突っ込むマケール。

「ぬひ……ぬひひひ……いひ……いっひっひっひっひ……」

ピザーノに至ってはずっと乾いた笑い声を上げる始末。

皆、目が死んでいた。完全に心が折れてしまったのだ。

――圧倒的な暴力は全てを解決する。

訳もわからないまま召喚されたパトリシアもピザーノも魔王もアイも、誰もがアマネに逆らうことなどできなかった。

だって言うこと聞かなきゃ、世界滅ぼすぞ？　と脅されているのだ。

しかもそれが冗談でもなんでもなく、実現可能なのだからこそ始末に負えない。

鼻をかんだチリ紙をゴミ箱に捨てるように、世界を終わらせることができると理解させられてしまったのだから。

圧倒的すぎて『交渉』というカードすらない。言うことを聞く以外の選択がないのだ。

『うぃ～……もしまた戦争なんてしたらぁ。そん時は「めっ」だかんね……』

「「「ヒェ……ッ」」」

――滅せられる。

彼らは心の底から怯えた。

ちなみに言っておくが、これはアマネにとってはまだ『優しい』部類だ。

竜界の竜はこの程度では喧嘩はやめない。世界を滅ぼそうが知ったことかと喧嘩を続ける連中なのだ。そんな彼らをアマネが普段どうやって止めているかは、知らないほうがいいことかもしれない。

さて、そんな彼らを尻目に、唯一感銘を受けているのは不死王である。

『……中立を貫くのではなく、中立であるからこそ、争いをやめろとは……。なるほど、それが主(あるじ)

様の考えなのですね。わかりました。この不死王、微力ながら主様の理想を叶えるべく邁進(まいしん)いたします。おぉ、何やら久々にやる気が湧いてきたぞ……！』

またしてもアマネは不死王の思想に爆弾を与えてしまった。

とはいえ、そんなことは知る由もないアマネである。

彼女にとっては、魔族と人間の戦争を終わらせる、それだけが重要だったのだから。

子供のように浅はかで思慮が足りず、それでいて始末に負えない力と行動力。それが竜王という存在なのだ。

とはいえ、それはあくまで竜界での話であり、この世界では自重しているつもりだった。

……アルコールでタガが外れてしまうまでは。

果たして、彼らにとってある意味不運なのか幸運だったのかはまだわからない。

『……あ、そうだ。ちゃんと記録は消して、「調整」はしておかんとれぇ……ひっく』

そして酔っ払っていても、アマネはやるべきことを忘れなかった。

中枢記憶(アカシックレコード)にアクセスし、自分が顕現した記録を抹消する。これをしなければ、夢と現実の改変に矛盾が生じてしまうからだ。

『そんじゃー、みんなー仲良くしらよぉ〜〜……ひっく』

「あ、あの……ちょっと待——」

こうして場を荒らしに荒らし、無理やり戦争を終わらせると竜王は帰っていった。

アズサが何かを言いたそうにずっと空を見上げていたが、他の者たちはずっと放心状態であった。

こうして数百年以上の長きにわたる、人類と魔族の戦争は無理やり終結してしまった。

他ならぬ竜王の手によって。
それは図らずもアマネが竜界でやっていた仕事と全く同じであった。
そしてここから、この世界は大きく変化することになる。
望もうと、望むまいとにかかわらず。

終章

竜王さま、休暇を満喫する

――朝、目が覚めると酷(ひど)い頭痛に見舞われた。

「うぅ……頭が痛い。なんでだろう？」

昨日のことがまるで記憶にない。それに眩暈(めまい)や吐き気も酷い。

「……ていうか、なんでソファで寝てんの？　ポアルと一緒に寝てたはずなのに……」

本当にわからない。いったい、昨日何があったっていうんだ？

「うっぷ……。と、とにかく水……」

コップに水を注いで、一口飲むと気分が多少良くなった。

「はぁ～、これじゃまるで二日酔いだよ。お酒なんて飲んでないのにどうなってるんだろ……？」

寝ぼけてお酒飲んだとか？　いや、ないない。だって家にお酒は置いてないし。

「ってあれ？　なにこのTシャツ？　それにお饅頭(まんじゅう)や、こっちはアズサちゃんの世界にあった抱き枕だよね？　なんでポアルの顔が印刷されてんの？」

見れば、テーブルの上にはポアルの顔が印刷された様々な品が並んでいた。

「あ、書き置きもある。えーっと、なになに……『どうぞ真祖様にお納めください。真祖邪竜教団より』ってなんだこりゃ？」

本当に何があったのだろう？　とりあえず昨日、何があったのか確かめなくっちゃ。

「えーっと、中枢記憶（アカシックレコード）にアクセスして……昨日の出来事をピックアップ……」

私は中枢記憶（アカシックレコード）のログを辿（たど）る。中枢記憶（アカシックレコード）にはこの世界で起きた全ての出来事が記録されている。

当然、昨日私の身に何があったのかもだ。この変なグッズや、変な教団や、この謎の二日酔いのような症状についても全て詳細にわかるのである。

「よし、検索完了っと。結果は……ん？　なにもなかった？」

検索結果は――『なし』だった。

私は普通にポアルと一緒に寝て、そのまま寝ていた、と記録されていた。ただ寝ぼけてソファに移動したと。

「……寝ぼけてる最中に頭でも打ったのかなぁ……？」

でも中枢記憶（アカシックレコード）がそう言うのなら間違いないか。

仮にこれを改竄（かいざん）するなんて、この世界の人間には不可能だろうし、できる存在なんて、せいぜい私くらいのものだ。

――さすがに、自分で改竄してそれを忘れるなんてありえないだろうし。

ま、それならそれでいいや。じきにアズサちゃんも帰ってくるだろうし、三人でのんびり過ごそっと。

気持ちを切り替えると、私はポアルたちを起こしに行った。

……この時の私は全く知らなかった。

本当に酔っ払った自分が中枢記憶（アカシックレコード）を改竄し、あまつさえそのことをすっかり忘れていることに。

◆

お昼ごろになると、アズサちゃんが帰ってきた。

アズサちゃんは帰ってくるなり私に抱きついて、いきなりわんわんと泣きだした。

どうやらよほど怖い体験をしたらしい。

「――それで、そのとんでもない化け物が現れて、あっという間に魔族との戦争を終わらせちゃったんですよ」

「へぇ、そうなんだー。どんな化け物だったの？」

「えーっと、なんか羽の生えたでっかいトカゲみたいなモンスターでしたね」

「ふーん、それってドラゴンなんじゃない？」

「いやぁ、さすがにそれはないと思いますよ。ドラゴンなんてこの世にいるわけないですし。でもなんか不思議と雰囲気はアマネさんに似てました」

「……へぇー」

相変わらず、なぜかこの世界の人間はドラゴンの存在を信じない。

それはアズサちゃんも例外ではなかった。

最初に出会った頃と比べて、明らかにこの世界の常識に馴染んでいる。まるでそういうふうに意識、い、い、いを変化させ、せ、せられていい、い、いるかのか、か、か、のようにに、に。

しかし、魔族と人間の間に入って戦争を止めるなんて、変わった化け物だね。まるで竜界にいた頃の私みたいだ。

「ま、休戦になったんならいいんじゃない？　ゆっくり休めるじゃん」

「……そうですね」

そう言うと、アズサちゃんはまた私に抱きついてきた。ふわりと柑橘系のいい匂いが鼻孔をくすぐる。

「どうしたの？」

「……今回、私すごく危ない目にあって怖かったんです。だからもう少しこうさせてください」

「別にいいけど」

「ついでに頭も撫でてくれると嬉しいです」

「……別にいいけど」

言われてアズサちゃんの頭を撫でると、彼女はにへらっと笑った。

「……ありがとうございます」

アズサちゃんはしばらく私から離れなかった。

ポアルが外でミィちゃんと遊んでてよかった。たぶん、見られてたらポアルの機嫌が悪くなってた気がするから。

「……ダィー、ダィー」

「あれ？　これってダイ君の声？　……どこから？」

「あ、ダイ君ならココです」

するとアズサちゃんは自分の頭を指差す。頭の上に小さなダイ君がいた。

「……なんか小さくなってない？」

「実は今回の戦いで体がかなり砕けちゃいまして……。色々無理もしちゃったみたいでこんな小さくなっちゃったんです」

「……ダィー」

「へぇー、それでも生きてるなんて本当に不思議な生き物だね」

「はい。でも戦いの最中は本当に死んじゃったかと思う場面があって……。ダイ君が死ななくて本当によかったです。もちろん、騎士団の皆さんも」

「……ダィ」

アズサちゃんはダイ君を優しく撫でる。ダイ君は少し申し訳なさそうな声を上げた。

それに騎士団の方にも死者が出なくてよかったよ。話を聞く限り、その魔族ってかなりの強さだもの。皆、生きててよかった。死んだら悲しいもんね。

「……アマネさん」

「なぁに？」

アズサちゃんはさっきよりも強く私を抱きしめる。

「私って勇者に向いてないんでしょうか？」

「さあ？　そんなの私にはわからないよ」

「……そこはもっとこう、なんか慰めたり、どうしてとか理由を聞くものじゃないですか？　私、今回めちゃくちゃ怖い思いしたんですよ？　……もっと労って甘やかしてほしいです」

「うーん、私が何か言ったところで、アズサちゃんのためになる気がしないからなぁ……」

「しますよ。……すっごくします。だって、アマネさんは私の大切な人ですから」

アズサちゃんの抱きしめる力が強くなる。ついでに撫でろとばかりに頭を近づけてくる。しょうがないなぁと頭を撫でると、アズサちゃんは笑みを浮かべた。

「というか、私としては、どうしてアズサちゃんにそこまで好かれているのかわからないんだけどなぁ。理由を聞きたいんだけど？」

「それは……そ、そういうのを言うのは恥ずかしいです……理屈じゃないんですよ、もう」

「そっか。恥ずかしいなら仕方ないね。とりあえずお腹空いたしご飯でも食べよっか」

「むぅー……もっと甘やかしてくださいよー　アマネさん成分が足りないんですー」

「そんな成分はこの世に存在しないって」

アズサちゃんはむくれながらも昼ごはんの準備に取りかかる。私はポアルを呼びに行こうとした。

「あ、そうだアズサちゃん。さっきの勇者に向いてるか、向いてないかの質問だけどね」

「なんですか？」

「これはあくまで私の持論だけどさ、そういうふうに他人に聞く時って、自分なりの答えはもう出てると思うんだよ。でも安心したいから、他人に質問するんだ」

「……」

「だから私は答えないよ？　私はアズサちゃんの解答用紙じゃないし、その答えはアズサちゃんが自分で納得するしかないからね」

「……意地悪な答えですね」

「そうかな？」

「そうです」

「そっか」

でもさっきよりもアズサちゃんの声は明るくなっていた。ついでにまた抱きついてくる。

「……離れてくれないかなー」

「いやですー」

「あー、あずさがあまねにくっついてる！　ずるい！」

「みゃぁー！」

そんな感じにアズサちゃんに抱きつかれていると、外から帰ってきたポアルとミィちゃんの声が聞こえた。ポアルは勢いよく走ってくると、私に抱きついた。

「私もあまねにぎゅってする！　独り占めはだめ！」

むすっとするポアルに、アズサちゃんは困ったような表情をする。

「あはは、ごめんね、ポアルちゃん。でも別にアマネさんを独占しようなんて思ってないよ？　なんだったら、私はアマネさんもポアルちゃんもダブルでウェルカムだし、私にも抱きついてもらって構わないし――」

「あずさ、よだれ垂らしてて気持ち悪い。あっちいけ」

「ミャウッ」

「がーんっ」

ポアルがあっかんべーをすると、ショックだったのか、アズサちゃんは石みたいに固まってしまった。

「……ダ、ダィー？　ダイダイー」

ダイ君が必死になって慰めてるけど、アズサちゃんはぴくりとも動かない。その光景が面白くて、私は思わず笑ってしまった。

「さ、それじゃあ皆でお昼ご飯食べよっか」

ああ、やっぱり休暇は良いな。この心地よい時間がいつまでも続いてほしい。

私は心の底からそう願うのであった。

接続章　竜界、荒れる

アマネが休暇を満喫していた頃、竜界は荒れていた。

それはもう、ものっすごい勢いで荒れていた。理由は当然、現竜王アマネの不在だ。

「うぁぁあああああああああああ！　もう駄目！　もう無理っすよぉおおお！」

かつて竜王――アマネの部下だった竜の泣き叫ぶ声が木霊(こだま)する。

「やっぱり竜王様がいなきゃ無理っすよぉ……。いくら先代の竜王様が復帰したからって納得できない竜がほとんどっすもん。こんなんどうしようもないっすよぉぉぉ……」

先代の竜王――アマネの父親をなんとか説得し、竜王の座に再度据えたのはいいが、仕事がもはや限界だった。

喧嘩(けんか)に次ぐ喧嘩。部族間の戦争。それに伴う地形変動や大陸崩壊。

アマネが竜王でなければ認めないという勢力も多く、それらを説得するために忙殺される毎日。

部下の竜の精神も限界だった。

「あー、もう無理っす。闇竜のベリきゅんは竜王様がいなくなったって知ったら露骨に態度変えてくるし、ジブンのことを一番愛してるって言ってたじゃないっすか……酷(ひど)いっすよ」

当然、部下竜は怒って、本担だった闇竜を消し炭に変えてやったわけだが、心にぽっかりと開いてしまった穴は埋まらない。悲しみは何も生み出さないのだ。そんな感じに実に勝手な悲しみに浸っていると、アマネの住処の入口の方から何やら竜の気配がした。

「……こ、こんにちはぁ……」

「うええっ……」

振り向くと、そこには彼女が最も見たくなかった竜がいた。

「ふ、腐蝕竜のディー様じゃないっすか。遠路はるばるようこそおいでくださいましたっす。……えっと何のご用でしょうか？」

「アーちゃん帰ってきた……？」

腐蝕竜は端的に訊ねる。

アーちゃんとは、当然竜王であるアマネのことだ。

現竜王をあだ名で呼べる竜など、竜界広しといえども、彼女を含めてほんの数匹しかいない。ほとんどの竜にとって、アマネとは名を口にすることすら憚られる存在だからだ。

というよりも、アマネの力が強すぎて、名前を口にするだけで肉体に影響が出てしまうと言ったほうが正しい。

具体的には名前を口にするだけで、弱い竜なら死んでしまう。そこそこ強い竜でも体や精神にダメージを負う。故に誰もがアマネを呼ぶ時には肩書きである【竜王】と呼ぶのだ。

そんな規格外のアマネを、名前どころか愛称で呼ぶことができるのは、それだけで凄まじい強さを持っているという事実の証明に他ならない。

無論、これは力、存在がフルに発揮される竜界だからであって、異世界ではそこまでの影響はない。……少なくとも今のところは。

そんなアマネ同様に規格外の強さを誇る竜を前に、部下の竜は冷や汗をダラダラと垂らしながら対応する。

「す、すいません。えーっと、そのぉ……竜王様はまだ戻られてないっす……はい」

部下の竜が素直にそう告げると、腐蝕竜は一瞬ポカンとした後、盛大に泣きだした。

「うぁぁ……うわぁぁあああああああん！　アーちゃぁ～んいないの？　ヤダあああああああ！　アーちゃんいないのヤダあああああああ！　うわぁぁあああん！　どこなの……？　ワタシを置いてどこに行っちゃったのよぉぉ！　アーちゃ～～ん……うわぁぁぁああああああああああん！」

「ギャアアアアア!?　ふ、腐蝕竜様！　落ち着いてくださいっす！　竜王様の住処を腐らせないでください！　アナタの癇癪（かんしゃく）でいくつ大陸が腐ったと思って……あぁ!?　尻尾が！　ジブンの尻尾がちょっと腐ってきてるうううううう!?　ぎゃあああああああああ!?」

「うるさい！　ぅるさい！　ぅるさーーーい！　アーちゃんのいない世界なんて意味ないよぉ！　せっかく美味（おい）しいお酒ができたからお裾分（すそわ）けに来たのに……。寂しいよぅ、アーちゃん……ぐすん」

「アガ……ガハ……ァぁ……じぬぅ……体が、腐っデイグゥぅ……」

部下の竜が割と瀕死（ひんし）だが、腐蝕竜は気にした様子もない。

どうしたものかと考えていると、不意に彼女らの足元が光り輝いた。

「……ん？　なに、この光は？　……召喚の光？」

「あ、これって……竜王様が召喚された時の魔法陣っすか？　どうしてまた……あっ」

部下の竜の言葉に、腐蝕竜はぴくりと反応する。

「ッ……この光の先にアーちゃんがいるんだね！　許さない……！　ワタシからアーちゃんを奪う

なんて絶対に許さないんだから……！　待っててね、アーちゃん。絶対に連れ戻してあげるから！

そして連れ戻したらアーちゃんを奪った世界なんて全て腐らせてやるんだから……！」

「あ、待ってくださいっす！　駄目っすよ、竜王様の休暇を邪魔しちゃ……」

「アーちゃん、待っててね。アーちゃん、アーちゃん、アーちゃん、アーちゃん……！」

「あ、駄目だ。この人、全然止まる気配ないっす。いや、でもここで止めないと、自分が竜王様に酷い目にあわされるっす。ディー様、駄目っすよ！　こんな召喚陣、消しちゃうっす」

部下の竜は必死に止めようとする。だってそうしないと自分が消し炭になる。

ディーの隙をついて魔法陣を消そうとするが、あっさりとそれは阻止されてしまった。

「邪魔しないでよ？　腐りたいの？」

「いや、既に体の三割近くが腐ってるんっすけど……。あ、マズイ。意識が段々と遠のいてく……。
デ、ディー様……考え直してくださいっす。あと体も治してくださいっす……」
「あーもう、うるさいなぁ。それならアンタも一緒に来ればいいじゃん。アーちゃん探すの手伝ってよ」

「いや、なんで自分まで……？　というか、はやく体を治して――って、うわぁぁあああああああああああ！」

部下の竜の言葉も聞かず、腐蝕竜は部下の竜を掴むと、魔法陣へとダイブする。

「ちょっと待ってくださいっす！　せ、せめて何か書き置きをしておかないと、竜界が大変なことになるっすよぉ！　うわあああぁ、駄目だ間に合わないいいいいいいい！」

こうして更に二体の竜が人間界へと召喚されることとなった。

それがどんな結果をもたらすのか？　今はまだまだ誰も知らない……。

ポアルの変わりゆく日常

魔道具店ブルーローズからの帰り道、ポアルは恒例となった屋台での買い食いをしていた。

「ほいよ、豚串二本。一本はおまけな。あとこっちの味付けしてねぇのはミィちゃん用だ」

「やったー♪　いつもありがとう、おじさん」

「みゃぅ～♪」

焼きたての豚串を受け取ると、その香ばしい匂いを思いっきり吸い込む。匂いだけで既に美味しい。我慢できずかぶりつくと、よくタレの浸み込んだ肉の旨味が口いっぱいに広がった。

「おいしい～♪」

「はは、本当に美味そうに食うな。こっちも作りがいがあるってもんだ」

「本当においしいもん。ね、ミィ？」

「みゃぅ～♪　……けぷぅ」

本心からの言葉だった。

ポアルはアマネに出会うまで、ずっとひもじい生活をしてきた。人と魔族のハーフであるポアルは、どこに行っても忌み嫌われる存在だ。

その日食べるのも一苦労で、何度も何度も死にかけた。

ゴミを漁り腐った肉を食べることもあった。泥水をすすり、腹をくだすこともあった。盗みを働いたことも一度や二度じゃない。

したくてしたわけじゃなかった。でもそうしないと食べ物が手に入らなかったのだ。物を乞おうとしても、お金を稼ごうとしても、石を投げられ、蔑まれ、疎まれ、忌み嫌われてきたのだから。

それが、今ではこうして稼いだバイト代で買い食いができるようになるなんて、きっと昔の自分に言っても信じないだろう。

「ん……全部、あまねのおかげ」

ポアルは無意識に自分の角をさする。生まれつき片方は折れていたとはいえ、もう片方は嫌がらせのように、とある魔族によって折られた。その角も、いまではすっかり元通りだ。

ミィと一緒に串焼きを楽しんでいると、後ろから声をかけられた。

「おぉ？　こりゃぁ冒険者組合期待のルーキーのポアルちゃんじゃねぇか。こんなところで会うなんて奇遇だなぁ……へっへっへ」

「ぐへへ、美味そうなもん食ってるじゃねぇか」

「おい、店主。俺たちにもよこせやぁ……。金は払うぜぇ、このガキの分もなぁ、ひひひっ」

振り向くと、そこにはガラの悪い男たちがいた。冒険者組合でポアルにランチを奢ってくれた冒険者たちである。

「ハイエナのおっさんたち！　こんにちはっ」

「へへへっ。そうそう、きちんと挨拶するのは大事だぜぇ……！　偉い、偉い」

「むふー♪」

リーダーのモヒカンに撫でられ、ポアルは嬉しそうに目を細める。モヒカンの彼は妻子持ちで、子供の撫でかたも心得ているのである。ちなみに子供は二人で、彼によく懐いている。理想的な家族だとご近所でも評判だ。

（ん……撫でられるって不思議な感覚。心がぽかぽかする）

アマネはポアルがハーフだと気づかれないように魔法をかけてくれている。そのおかげで、こうして他者とのコミュニケーションの機会も増えた。それでも角に触られそうになると、咄嗟に避けてしまう。

また角を折られるのではないかと怖くなるのだ。これぱかりはなかなか払拭できるものではなかった。

唯一の例外はアマネだ。

アマネだけは角に触られても全然嫌な感じがしない。むしろもっと撫でてほしいと思う。

「……やっぱり、あまねに撫でられるのが一番気持ちいい」

「がっはっは、そりゃそうだ。誰だって家族に撫でられんのが一番だろうぜぇ！」

ポアルの言葉に、モヒカンは笑って返す。

「家族？　あまねが？」

「ん？　ちげぇのか？」

ポアルは一瞬、ぽかんとした後、ぱぁっと花の咲いたような笑みを浮かべた。

「んーん！　違わない！　あまねは私の家族だよっ！　この世界で一番すき!!」

「がっはっは！　素直で結構じゃねぇか！　というか、今日あの嬢ちゃんは一緒じゃねぇのか？」

あの嬢ちゃんとはアマネのことだろう。

「あまねなら用事があって先に帰ったよ。私も今から帰るところ」

「そうかい。じゃあ家族を心配させちゃあいけねえな。そろそろ暗くなるし、とっとと帰りな！　夜道には気をつけんだぞ」

「なんなら送っていくぜぇ……。ここ最近、不審者も増えて夜道はあぶねぇからなぁ……」

「ついつい豚串も買いすぎちまったからなぁ。これはお裾分けだぜぇ……！」

小さな女の子の周りを世紀末な男達が囲むという犯罪スレスレな光景だが、会話はとてもフレンドリーで温かい内容である。見た目以外は完全に良い人たちだ。

「ふしんしゃ？」

「ああ。全身黒ずくめのフードを被った連中だ。特に目立った被害は報告されてねぇが、とにかく怪しい連中なんで、組合から調査依頼が出てんだよ」

「ふーん」

いろんな人がいるんだなぁ、とポアルは思った。

ポアルは知る由もないが、黒ずくめのフードを被った不審者集団とは、当然、真祖邪竜教団の連中のことである。

アマネとの酒盛りの一件以降、彼らはいまだポアルに声をかけることができず、遠くから見守る不審な姿が目撃されているというわけである。

声はかけたい。けど緊張してかけられない。でも気づいてほしい。

そんな歪んだ思いから、彼らは隠蔽の魔法をオフにしていた。結果、立派な不審者の完成だ。正直言って馬鹿である。

「わかった。でもミィと一緒なら大丈夫だよ。気をつけて帰るね」

「みゃぁー」

豚串屋のおじさんと、ハイエナの人たちにお別れを告げると、ポアルは帰路についた。

夕暮れ道、鼻唄をうたいながら歩くと、我が家が見えてくる。

かつてはボロボロで雨露を凌(しの)げればそれでよかったあばら家は、今では立派な家となり、明かりが遠くからでもよく見えた。

夕飯のいい匂いがここまで漂ってくる。

温かな人の気配が離れていても感じ取れる。

ポアルの足取りは自然と早くなり、顔には笑みがこぼれた。

「ただいまー」

「おかえりー。もうご飯できてるよー」

扉を開けると、そこにはポアルが一番大好きな人が出迎えてくれる。

ポアルは彼女に勢いよく抱きついた。

ポアルの幸せな日々はこれからも続いていく。

竜王さまの気ままな異世界ライフ

最強ドラゴンは絶対に働きたくない

D E S I G N

夢幻竜
デフォルメver.

DESIGN

このくらい
ネジネジ？
ポアル
ミィ

DESIGN

ヒィィ〜…
アイ
•短剣•
ベルト通し
鞘

CHARACTER

MFブックス

竜王さまの気ままな異世界ライフ 1

最強ドラゴンは絶対に働きたくない

2024年7月25日　初版第一刷発行

著者　よっしゃあっ！
発行者　山下直久
発行　株式会社KADOKAWA
〒102-8177　東京都千代田区富士見2-13-3
0570-002-301（ナビダイヤル）
印刷・製本　株式会社広済堂ネクスト
ISBN 978-4-04-683623-6 C0093

担当編集　姫野聡也
ブックデザイン　AFTERGLOW
デザインフォーマット　AFTERGLOW
イラスト　和狸ナオ

本書は、カクヨムネクストに掲載された「竜王様の気ままな異世界ライフ」を加筆修正したものです。